ANTONIO NICASO

LA MAFIA
SPIEGATA ai RAGAZZI

MONDADORI

www.ragazzi.mondadori.it

Illustrazioni di Federico Mariani

Prima edizione settembre 2010
Stampato presso Mondadori Printing S.p.A.
Stabilimento N.S.M., Cles (TN)
Printed in Italy
ISBN 978-88-04-60368-9

La mafia cresce nel silenzio
e nell'indifferenza.
Conoscerla aiuta a combatterla.
Dedico questo libro a Massimo,
Emily e ai tanti ragazzi
che guardano alla vita senza più paura del buio.

La mafia è come la grandine. Quando arriva in primavera distrugge tutti i campi.

Chiara, 12 anni, Cosenza

La mafia è come un fiume costretto a scorrere all'incontrario.

Viola, 11 anni, Venezia

La mafia aiuta le persone che non hanno lavoro.

Paolo, 11 anni, Belluno

La mafia è come un terremoto. Non ci puoi fare niente e non lo puoi fermare.

Marco, 16 anni, Roma

La mafia è quando tu vuoi fare una cosa e non te la fanno fare, e allora c'è la mafia.

Luca, 15 anni, Napoli

La mafia è come un'erba infestante. Cresce dovunque e viene portata in giro dal vento, uccidendo le altre piante.

Giulia, 15 anni, Palermo

La mafia è come un libro bianco, scritto col sangue.

Matteo, 14 anni, Milano

La mafia è come i piccioni sui campi, dopo che i contadini hanno seminato.

Roberto, 12 anni, Torino

QUANDO DELLA MAFIA NON SI PARLAVA

Quando ero bambino, della mafia non si parlava.

Era una parola che nessuno pronunciava mai, un concetto che non esisteva, l'assurdo parto dell'immaginazione di qualche folle, una minaccia che aleggiava, senza nome e senza volto.

Nella primavera del 1971 – ero in prima elementare – seduto accanto a me c'era un bambino dagli occhi tristi. Gli avevano ammazzato il padre e nessuno aveva visto nulla. Solo molto dopo ne conobbi il motivo: s'era rifiutato di comprare il ferro dai mafiosi che controllavano la zona.

Non ci volle molto a capire che quella mafia parsimoniosa nell'uso della violenza, rispettosa dei più deboli e, soprattutto, delle donne e dei bambini, di cui invece si sentiva sussurrare spesso, non era mai esistita. La mafia che ho imparato a conoscere mi ricorda tanto i bulli che circolavano attorno alla scuola, prepotenti e violenti, ma solo quand'erano in gruppo, quando si spalleggiavano a vicenda. Cercavano di intimorire, costringendo al silenzio.

La prepotenza è una delle caratteristiche principali del mafioso, che pensa di poter "fare vento senza neanche sollevare aria". Proprio come il bullo, pretende il rispetto e vuole essere temuto.

Si sentono diversi e migliori, i mafiosi. Uomini veri, mentre gli altri non contano nulla. Sono legati da un giuramento che diventa obbligo eterno e vivono secondo un modello di società che li divide in due categorie: chi comanda e chi esegue. Ai suoi affiliati, la mafia chiede di essere obbedienti e spietati; ma anche discreti per non attirare l'attenzione su di sé. Lo scopo principale è quello di arricchirsi in qualunque modo, calpestando qualunque valore. Ma il denaro non è tutto per i mafiosi. È il potere quello che conta veramente. Da sempre, infatti, stabiliscono legami con chiunque abbia la possibilità di decidere.

Questi uomini che si sentono "diversi e migliori" vivono nella società e spesso sono protetti dall'indifferenza delle istituzioni, contrariamente ai criminali comuni che operano ai margini, creano allarme sociale e, per questo, sono da sempre combattuti dallo Stato.

In alcune regioni, soprattutto al Sud, si presentano violenti e sfrontati e, come un esercito di occupazione, cercano di controllare tutto, anche l'aria che si respira. In altri territori, invece, si comportano come imprenditori dalla faccia pulita, abili nell'investire i soldi guadagnati con la violenza e, sempre più spesso, con il traffico di droga.

Sono due facce della stessa medaglia. Due facce che bisogna saper riconoscere.

Antonio Nicaso

LA MAFIA

• Come si può definire la mafia?

Io non so molto della mafia perché mi è sempre parsa una cosa complicata da capire. Per esempio le regole, come si manca di rispetto e perché reagiscono in un certo modo.

Ma credo che la mafia ci sia ovunque, anche al Nord, solo che lo nascondono bene: al Sud invece lo fanno alla luce del sole.

Chiara, 14 anni

Gerlando Alberti, vecchio boss di Palermo, a un poliziotto che gli chiede cosa sia la mafia, risponde ridendo: «Che cos'è? Una marca di formaggio?»

Totò Riina, uno dei mandanti delle terribili stragi di Palermo, alla domanda di un magistrato, finge di non conoscerla: «Questa mafia di cui tutti parlano io l'ho letta solo sui giornali».

Anche Mommo Piromalli, importante boss della

'ndrangheta, risponde con sarcasmo: «Che cosa è la mafia? È qualcosa che si mangia? È qualcosa che si beve? Io non conosco la mafia, non l'ho mai vista».

Nonostante quello che dicono i boss mafiosi, noi sappiamo che la mafia esiste sul serio. E sicuramente non è una marca di formaggio.

"Mafia" è un termine generico, spesso utilizzato per definire varie forme di criminalità organizzata.

Quando questa parola non è accompagnata da aggettivi, si fa riferimento alla mafia siciliana, una potente organizzazione criminale che gode di consenso sociale e di relazioni con la politica, le istituzioni e l'economia. In altre parole, intreccia rapporti con persone che dovrebbero combatterla: magistrati, rappresentanti delle forze dell'ordine, funzionari pubblici, politici, preti e reinveste nell'economia legale i soldi accumulati con la violenza.

La mafia non è semplicemente una forma di criminalità, ma una cosa molto più potente, organizzata e pericolosa. Il suo obiettivo è quello di ottenere denaro e potere, per i quali usa la violenza e uccide, se occorre.

Per definirla bastano solo tre parole: delirio di onnipotenza.

Il mafioso ritiene di avere un potere assoluto che cerca di accrescere in ogni modo.

Tuttavia esiste una definizione ancora più chiara: la mafia è come un sole nero. Si fa chiamare sole, ma non fa luce.

• Com'è organizzata la mafia?

Per me la mafia è una grande organizzazione che è in tutto il mondo. E una organizzazione dove girano tanti soldi e dove secondo me centrano anche i politici. Sembrano delle persone normali ma non lo sono.

Luca, 13 anni

La mafia siciliana è strutturata come una piramide, alla cui base c'è la cosca o la *famiglia* che controlla un quartiere, una borgata, un intero paese.

La famiglia è composta da "uomini d'onore" o "soldati", coordinati per ogni gruppo di dieci da un capo detto *capodecina*.

I *capidecina*, a loro volta, rispondono al boss, il capo della famiglia, che viene nominato con una vera e propria elezione. Il boss, detto anche *rappresentante*, è spesso affiancato da un vice e da uno o più consiglieri, scelti tra mafiosi con riconosciute doti di equilibrio e di esperienza.

In caso di arresto del capo o di mancata elezione, vengono nominati uno o più reggenti. Ovvero dei sostituti temporanei. Il coordinamento delle famiglie è compito della commissione provinciale, un gruppo di cui fanno parte i *capimandamento*, cioè i rappresentanti di tre o più famiglie che occupano territori confinanti tra di loro. Ogni provincia elegge un rappresentante che fa parte della commissione interprovinciale o cupola, il vertice della piramide, che serve per regolare affari e interessi sul territorio regionale.

Nonostante la rigidità della sua struttura, la mafia è un'organizzazione molto flessibile, capace di aggiornarsi, di adeguarsi e di adattarsi a ogni situazione. Come il camaleonte si confonde tra le foglie, così la mafia cambia pelle per passare inosservata negli ambienti sfavorevoli. Ma è sempre pronta a sfruttare ogni circostanza per conquistare ricchezza, rispetto e obbedienza.

Con la politica crea rapporti fruttuosi e sistematici. I boss si impegnano a votare e a far votare i politici che, per questo sostegno, sono disposti a tutto. Una volta eletti, restituiscono il favore ai mafiosi che, puntualmente, si presentano per raccomandazioni, appalti, protezioni.

LA LEGGE ANTIMAFIA

L'associazione è di tipo mafioso quando coloro che ne fanno parte si avvalgono della forza di intimidazione del vincolo associativo e della condizione di assoggettamento e di omertà che ne deriva per commettere delitti, per acquisire in modo diretto o indiretto la gestione o comunque il controllo di attività economiche, di concessioni, di autorizzazioni, appalti e servizi pubblici o per realizzare profitti o vantaggi ingiusti per sé o per altri.

Articolo 416 bis della Legge n. 646 del 13 settembre 1982 (Legge Rognoni-La Torre o legge antimafia)

• Quando nasce la mafia?

La mafia nasce nella prima metà dell'Ottocento. E la sua nascita è legata a una pianta: quella dei limoni di cui è ricca la Sicilia.

In quegli anni, i limoni siciliani sono molto richiesti a Londra e a New York. La marina inglese, dalla fine del Settecento, li utilizza per combattere lo scorbuto, una malattia causata dalla mancanza di vitamina C.

Per crescere, i limoni hanno bisogno di tanta cura e di grandi investimenti. Per rovinarne il raccolto basta poco, talvolta anche una breve interruzione nella fornitura d'acqua.

Questa ricchezza attira subito l'attenzione dei bulli di campagna che cominciano a danneggiare le piante per costringere i proprietari ad assumerli come guardiani. Creano il disordine per poi garantire l'ordine. Fanno nascere un bisogno di sicurezza al quale essi stessi offrono risposta.

In Sicilia ci sono i Borboni, una famiglia nobile che regna sull'Italia meridionale, da Roma in giù. Sono napoletani e anche per questo non sono amati dal popolo siciliano che sogna una Sicilia meno oppressa.

Per cacciarli, i siciliani utilizzano anche i bulli, quelli che con la giubba dei pastori e la coppola storta "proteggono" i limoni.

È così che bulli e avversari dei Borboni, sostenendosi a vicenda, mettono radici.

La mafia in Sicilia nasce in questo modo: dall'incontro tra due mondi, solo apparentemente lontani.

LA MAFIA E LA NUOVA ITALIA NACQUERO INSIEME

[...] le origini della mafia non sono antiche. La mafia nacque più o meno negli anni in cui gli allarmati funzionari del governo italiano ne sentirono parlare per la prima volta. La mafia e la nuova Italia nacquero insieme.

John Dickie, *Cosa Nostra. Storia della mafia siciliana*

• Cosa significa la parola "mafia"?

Sulla parola mafia si è scritto molto. L'etnologo Giuseppe Pitré racconta che, all'inizio, soprattutto nel borgo marinaro di Palermo, mafia indica "bellezza, grandiosità, perfezione". Tutto il contrario di ciò che rappresenta oggi. Nel tempo alla parola mafia vengono attribuiti significati e origini diverse. C'è chi la fa derivare dal latino, chi dal francese e chi, invece, dall'arabo, riscontrando similitudini con *afiah* che significa forza e *maha fat* che vuol dire protezione, immunità.

Definizioni che, anche se non spiegano pienamente il significato, ci aiutano a ricostruire l'origine della parola che compare per la prima volta in una lettera del generale Alessandro Della Rovere, luogotenente del re in Sicilia, successivamente divenuto Ministro della Guerra.

Da Palermo, città in cui vive, nel 1861 scrive al conte Giovanni Thaon Di Revel: «Qui v'è pure la camorra, non meno cattiva della napoletana. La chiamano maffia».

Due anni dopo il termine entra nel linguaggio comune anche grazie all'opera teatrale intitolata *I mafiusi di la Vicaria*; una storia ambientata nel carcere di Palermo, scritta da Gaspare Mosca e messa in scena dal capocomico Giuseppe Rizzotto.

Il 25 aprile del 1865 la parola *maffia* (ancora con la doppia effe) viene utilizzata in un rapporto inviato al ministro dell'interno da Antonio Filippo Gualterio, allora prefetto di Palermo.

In questo documento, la mafia viene descritta come "una setta malandrinesca", di cui si servono anche politici e proprietari terrieri che spesso rischiano di diventarne vittime.

Nel 1869, invece, il termine viene registrato nel vocabolario siciliano curato da Antonino Traina, con il significato di "braveria, baldanza, spocchia".

Sono però Leopoldo Franchetti e Sidney Sonnino a far scoprire la mafia agli italiani, con un'inchiesta pubblicata nel 1877.

Sono entrambi intellettuali toscani, ricchi, giovani e impegnati in politica. Sonnino diventerà presidente del Consiglio dei Ministri del Regno (1906-1909). Nell'inchiesta i mafiosi vengono definiti "facinorosi della classe media" che si servono di delinquenti e assassini, ma che ricevono protezione dal potere politico.

Al di là dell'origine della parola è però importante ricordare che i mafiosi non chiamano mafia la loro organizzazione.

Loro dicono *Cosa Nostra* perché vogliono affermare, da subito, che è una cosa che appartiene a loro e a nessun altro. Come i loro affari, le loro attività.

Si racconta che, negli anni Trenta, quando negli Stati Uniti, i boss si riuniscono per dare un nome all'organizzazione nascente, Lucky Luciano propone: «Niente nomi, così questa cosa nostra non potrà essere chiamata da nessuno e noi resteremo invisibili».

Il messaggio era ed è ancora oggi chiaro: non occupatevene, è cosa nostra. Anzi, cosa loro.

LA MAFIA È DENTRO LO STATO

La mafia era ed è un sistema che [...] contiene e muove interessi economici e di potere di una classe che approssimativamente possiamo dire borghese; e non sorge e si sviluppa nel vuoto dello Stato (cioè quando lo Stato, con le sue leggi e le sue funzioni, è debole o manca) ma dentro lo Stato. La mafia, insomma, altro non è che una borghesia parassitaria, una borghesia che non imprende ma soltanto sfrutta.

Leonardo Sciascia, *Il giorno della civetta*

DENTRO LA MAFIA C'È DI TUTTO

Ogni uomo d'onore si sente tale. E lo sa, lo ripete dentro di sé continuamente, e si sente superiore a qualsiasi altro malvivente. Quando vede i ragazzi della criminalità comune li osserva bene, li coltiva nell'ipotesi di farne entrare qualcuno nell'associazione. La furbizia di Cosa Nostra è sempre stata quella di essere l'associazione degli uomini d'onore, una cosa segreta e per pochi, ma di restare contemporaneamente collegata con la vita normale. Con i mestieri e le professioni della gente. Dentro la mafia c'è di tutto. A parte i giudici e i poliziotti, c'è gente di tutti i tipi.

Antonino Calderone, ex boss di Cosa Nostra,
oggi collaboratore di giustizia

• Che cos'è una cosca?

"Cosca" in siciliano indica il "torso", la parte interna e nascosta del carciofo, protetta da foglie spesso spinose.

La composizione del carciofo rappresenta la coesione, la compattezza, la solidità della cosca mafiosa, nella quale ognuno svolge un compito preciso. C'è chi dà ordini e chi obbedisce, chi amministra i soldi e chi si occupa dell'assistenza alle famiglie dei carcerati. La cosca ha le sue regole, il suo codice, il suo diritto, le sue istituzioni. È dotata anche di un tribunale interno che sanziona i comportamenti scorretti e disonorevoli rispetto alle sue regole criminali. Sono previsti diversi tipi di pena, tra cui la più grave è la morte per chi tradisce l'organizzazione.

Nell'Ottocento, alle origini della mafia, il sistema economico della Sicilia è basato sullo sfruttamento delle coltivazioni intensive di agrumi, per lo più alberi di limoni, e del latifondo, terreni agricoli di grandi dimensioni, spesso mal coltivati.

Anche il sistema economico ha uno sviluppo verticale simile a una piramide con al vertice il proprietario terriero e alla base i braccianti che lavorano direttamente la terra. Tra il proprietario e i braccianti c'è un livello intermedio che comprende gabellotti e campieri.

I primi controllano l'andamento dei lavori, la quantità e la qualità dei raccolti, la riscossione di affitti o gabelle mentre i campieri garantiscono l'ordine, tenendo sotto controllo braccianti e contadini poveri.

Su un modello quasi simile è strutturata anche la cosca. Al vertice, anziché il proprietario, c'è il boss che si serve di uomini di provata fiducia ed esperienza per gestire i picciotti, i quali, come i campieri, sfruttano chi lavora e chi produce.

• A che età un giovane può entrare nella mafia?

Ho sentito il magistrato Nicola Gratteri su "Che tempo che fa" il quale diceva che appena un ragazzo entra nella 'ndrangheta cammina mezzo metro da terra perché pensa che possa diventare come il figlio del boss che ha la macchina lussuosa o che va a scuola con cento euro in tasca.

Mario, 16 anni

MAFIOSO A UNDICI ANNI

Nel 1930, durante un processo, Domenicantonio Pullica racconta di essere stato affiliato a un clan della 'ndrangheta quando aveva appena undici anni. Accadde nel 1924 a Motta Filocastro, una frazione del comune di Limbadi, oggi in provincia di Vibo Valentia.

Nella mafia, l'apprendistato può durare molto, ma anche poco. I giovani che dimostrano intraprendenza e determinazione vengono "avvicinati" e selezionati attentamente.

Ci sono mafiosi che sono entrati in Cosa Nostra a quattordici anni.

Oggi il tirocinio ha tempi più lunghi, ma anche nella mafia esistono corsie preferenziali e i figli dei mafiosi, spesso raccomandati, accorciano i tempi.

Spiega Leonardo Messina, ex affiliato alla famiglia di San Cataldo, in provincia di Caltanissetta, oggi collaboratore di giustizia: «Ti seguono fin da bambino, ti crescono, ti osservano, ti allevano, ti insegnano a sparare e a uccidere [...]. Però, quando ti chiamano, tu sai già dove stai entrando, anche perché hai già servito questi uomini. Sai perfettamente qual è il discorso. E comunque c'è sempre una persona che ti guida».

'Ndranghetisti, cioè affiliati alla mafia calabrese, per esempio, non si diventa solo per merito, ma anche per nascita. Il primogenito di uno 'ndranghetista può essere "combinato", cioè affiliato, quando è ancora in fasce. È una cerimonia speciale e fortemente simbolica. Il boss, con un paio di piccole forbici, finge di tagliare le unghie al neonato che, da quel momento, viene definito una "piuma", simbolo di leggerezza.

A quattordici anni potrà formalmente far parte dell'organizzazione.

È la prima forma di affiliazione.

Racconta Antonio Zagari, ex 'ndranghetista: «Non appena la mammina (così era chiamata l'ostetrica in alcune zone della Calabria) mi ebbe pulito e reso presentabile, mio padre, alla presenza di suoi amici, prese un coltello e una grossa chiave (quelle di una volta) e li pose vicino alle mie mani. Se le mani si avvicinavano al coltello, il bambino da grande sarebbe diventato un "uomo d'onore"; se, invece, si muovevano verso la chiave, il bambino, crescendo, sarebbe diventato uno sbirro. Ovviamente era tutta una farsa, in realtà il coltello veniva spinto appositamente verso le mani dell'ignaro neonato».

Nella Camorra, la mafia campana, dove non esiste un'affiliazione formale, la presenza di minorenni è diffusa. Già a nove-dieci anni vengono utilizzati per trasferire armi e droga da una parte all'altra della città. Sono agili e passano inosservati. Fanno anche da sentinella e avvertono quando qualche persona sospetta si avvicina al loro quartiere, luogo di spaccio.

La Camorra utilizza un numero sempre maggiore di ragazzini.

Hanno dai dodici ai diciassette anni e provengono dai quartieri a più alta marginalità sociale di Napoli. Sono arruolati appena diventano capaci di mantenere il patto di fedeltà al gruppo.

I vantaggi sono notevoli.

Un ragazzino costa al clan circa trecento euro al mese, non ha incombenze familiari ed è disposto a stare perennemente per strada.

I giovani camorristi non danno nell'occhio e vendono droga fra una corsa in motorino e un tiro al pallone. Il primo gradino è quello del pusher, lo spaccio di droga leggera. Poi cominciano a usare armi, pistole automatiche e semiautomatiche.

Via via che progrediscono nell'esperienza criminale, assumono ruoli più importanti, come fare da "palo" per il controllo di una strada o di una zona dove viene scaricata merce delle aziende imposte dal clan.

I BABY-CRIMINALI

Il bambino è una risorsa per il mondo criminale... Il bambino-criminale costa poco all'organizzazione degli adulti; rischia di meno; nelle eventuali vesti di testimone d'accusa ha un'attendibilità limitata, rispetto ad un adulto; può essere intimidito o addirittura ucciso con maggiore facilità. Il bambino ha cambiato ruolo nel mondo criminale; è entrato in un circuito illegale che può anche promuoverlo [cioè fargli avere dei vantaggi, N.d.A.]; *diventa partecipe, non più solo vittima, di valori di aggressività e di sopraffazione; può disporre di denaro che altrimenti non avrebbe, attraverso il quale può diventare protagonista di scambi acquisendo finalmente una propria identità.*

Luciano Violante,
ex presidente della Commissione parlamentare antimafia

• Come si entra nella mafia?

La mafia è un insieme di organizzazioni (camorra, mafia, 'ndrangheta) dove questa gente corrompe la gente, anche i ragazzini di dieci, undici, dodici anni: li prendono dalle scuole per farli andare a spacciare droga, li allevano, li portano nelle grotte, gli mettono un giubbotto antiproiettile e se vedono che non hanno paura gli sparano sul giubbotto, ma se vedono che hanno paura gli sparano in testa e li ammazzano.

Angelo, 12 anni

Il giovane viene osservato per anni e viene valutato in tutte le sue componenti caratteriali da qualcuno che, all'interno della mafia, si assume l'incarico di seguirlo giorno per giorno, per capire se è audace, se sa controllarsi, se sa farsi rispettare. Superato questo periodo di osservazione, il candidato è pronto per la cerimonia di affiliazione.

Nel giorno stabilito viene accompagnato in un'abitazione privata, dove lo aspetta un gruppo composto da almeno tre uomini d'onore della famiglia di cui viene chiamato a far parte.

Racconta ancora Leonardo Messina: «Con un ago mi hanno punto il polpastrello di un dito e mi hanno dato in mano una santina [...], l'hanno macchiata con il mio sangue, le hanno dato fuoco e io me la passavo da una mano all'altra. Poi mi hanno suggerito le parole da dire. Mi hanno detto di ripetere: "Come carta ti brucio, come santa ti adoro, come brucia questa carta deve bruciare la mia carne se un giorno tradirò Cosa Nostra"». Messina ricorda che, dopo il giuramento, è stato abbracciato e baciato da tutti i presenti.

Il rito di affiliazione più che una promessa si rivela una minaccia. Gli uomini attorno al tavolo non dicono "giura di essere fedele per sempre", ma "se non sarai fedele morirai".

Durante la cerimonia l'aspirante mafioso giura su un'immagine sacra che per Cosa Nostra è la Madonna dell'Annunziata e per la 'ndrangheta è San Michele Arcangelo.

LE FESTE DELLA MAFIA

Per gli appartenenti al sodalizio mafioso, la processione è diventata spesso il momento e il luogo dove è possibile ostentare la potenza individuale e familiare.

Alessandra Dino, *La mafia devota*

• Come deve essere un mafioso?

«A megghiu parola è chidda cca nun si rici».

La parola migliore è quella che non si dice. Le chiacchiere non sono mai piaciute ai mafiosi, come ricorda anche questo antico proverbio siciliano.

L'uomo d'onore deve saper tacere. E non solo con gli estranei, ma anche con gli altri affiliati. È colui che, con un semplice sguardo, riesce a esprimere il significato di un discorso complesso. Un uomo d'onore non fa domande e se ne fa troppe, viene guardato con sospetto. Solo se un suo superiore gli chiede qualcosa, è tenuto a rispondere. E non può mentire.

Secondo Totò Riina, il sanguinario capo di Cosa Nostra: «La curiosità è l'anticamera della sbirritudine», cioè l'attitudine degli "sbirri" a fare domande.

Chi aspira a entrare nella mafia, così come nella 'ndrangheta , dev'essere intraprendente e non può avere legami di parentela con uomini delle forze dell'ordine, né con magistrati.

Le organizzazioni mafiose non gradiscono neanche persone senza fissa dimora, né chi ha una vita sentimentale travagliata, con un eccessivo numero di amanti o fidanzate, oppure con figli illegittimi.

Nella mafia non sono ben visti neppure gli incostanti. Una volta che si entra non si esce più. Si resta "uomini d'onore" fino alla fine dei propri giorni. Diceva Falcone: «Entrare a far parte della mafia equivale a convertirsi a una religione. Non si cessa mai di essere preti. Né mafiosi».

Per gli uomini di Cosa Nostra il rispetto delle regole prevale sul sangue, sulla famiglia, sulle relazioni e sulla comunità.

Per gli 'ndranghetisti, invece, la cosa più importante è il sangue, che diventa un tutt'uno con la stessa organizzazione mafiosa. I vincoli di parentela sono il frutto di vere e proprie strategie matrimoniali con cui si accresce il potere della famiglia.

La reputazione è fondamentale. Non si tratta di dignità, ma di "dignitudine", un termine che, meglio di ogni altro, descrive l'essere mafioso e indica la considerazione di cui deve essere circondato. Senza il rispetto della gente che lo teme, non saprebbe vivere. Ostenta la propria "dignitudine" come il pavone fa con la sua variopinta coda di piume.

Per entrare nella mafia bisogna essere capaci di farsi giustizia con le proprie mani, senza mai ricorrere a quella della Stato.

• Che ruolo hanno le donne di mafia?

LE PADRINE DI GELA: CASA E COSCA

Nella gestione del malaffare a Gela, la cosa che colpisce è il numero di donne coinvolte attivamente: quasi tutte le donne del "capo", ma anche le amanti, le amiche, parecchie dipendenti, semplici soldate, raccolgono in giro per i negozi proventi illeciti, portano messaggi, firmano o gestiscono assegni e contabilità, amministrano, sono titolari d'attività commerciali e finanziarie, prendono decisioni, loro stesse acquistano immobili, mettono somme a disposizione dell'organizzazione per l'usura. Partecipano a riunioni interne o fra cosche. E quando spacciano si portano dietro anche i figli. E i pannolini.
Graziella Proto, "Casablanca, storie dalle città di frontiera"

La mafia è per tradizione una società segreta che esclude le donne. Un'organizzazione di uomini in cui le donne contano solo in quanto madri. Ma la maternità che rende più numeroso e forte il gruppo familiare, rappresenta anche un limite per la mafia. Quando una donna perde un figlio, difficilmente si rassegna.

Nelle faide, sanguinose guerre tra gruppi familiari rivali, è la donna che, con il suo pianto disperato, alimenta l'odio e spinge gli uomini a uccidere finché la perdita subita non verrà lavata con altro sangue ("sangue chiama sangue"). Una sete di vendetta che non si ferma davanti a nulla, come testimoniano i versi di alcune vecchie canzoni e le parole di un'antica ninna nanna con cui una vedova di mafia canta "cacciami l'odio che tengo nel cuore" per incitare alla vendetta il figlioletto ancora in fasce.

La donna di mafia accetta per tradizione un ruolo subalterno agli uomini della famiglia (marito, figli, fratelli) e come una cattiva maestra, cresce i figli nel rispetto delle loro regole, assicurando così la continuità della cultura mafiosa. Ma anche nella mafia qualcosa sta cambiando. E non sempre in meglio. Oggi ci sono donne che contano di più e che, in alcuni casi, in assenza dei mariti, assumono posizioni di potere. Comandano, spacciano droga e uccidono.

Ci sono però anche donne che interpretano al meglio il cammino della propria emancipazione e si ribellano a una tradizione che le vuole sottomesse. Donne che reagiscono e sottraggono il destino dei propri figli alla mafia. Non più precetti e regole di morte, ma regole di legalità e di vita.

La prima a sfidare i boss è Serafina Battaglia che, negli anni Sessanta, denuncia gli assassini del marito, anch'egli mafioso, e del figlio adottivo.

Va in tribunale, bacia il crocifisso e attacca: «I mafiosi sono pupi, fanno gli spavaldi solo con chi ha paura di loro, ma se si ha il coraggio di attaccarli e demolirli, diventano vigliacchi. Non sono uomini d'onore, ma pezze da piedi».

Serafina sa.

Il marito e il figlio le hanno raccontato tutto.

E lei utilizza quelle informazioni per far condannare trenta mafiosi coinvolti in ventiquattro omicidi. La sua vita cambia e lei comincia a camminare armata, con una pistola nascosta fra reggiseno e sottoveste, ricordando spesso ciò che ha imparato a sue spese: «Se le donne dei morti ammazzati si decidessero a parlare così come ho fatto io per sete di giustizia, la mafia in Sicilia non esisterebbe più da un pezzo». Muore nel suo letto, molti anni dopo, nel 2004. Dopo di lei, tante altre donne cominciano a ribellarsi anche fuori dalla Sicilia.

• Perché scoppiano le guerre tra mafiosi?

La mafia è come un recinto da cui non puoi più uscire, o resti o la tua vita non dura a lungo. Quelli che ne fanno parte diventano ricchi in poche settimane e il ricavato lo sfruttano solo per svago comprando macchine di lusso, ville ecc.

A volte una persona che ne fa parte può coinvolgere anche una intera famiglia. Loro vivono una vita da prigionieri anche se non sono in carcere.

Licia, 16 anni

COME UCCIDE LA MAFIA?

Uno dei sistemi più efficaci e silenziosi è quello della lupara bianca. La vittima designata viene uccisa e il suo cadavere fatto sparire. La logica è chiara: senza il corpo del reato non c'è reato.

Ogni cosca ha un suo territorio, che talvolta coincide con un paese, altre volte con il quartiere di una città. Spesso l'influenza esercitata da una cosca, viene messa in discussione da altre che cercano di espandersi per controllare più territorio e più interessi. Talvolta le guerre scoppiano per gelosia, per avidità, ma anche per questioni di supremazia. Un boss che non gode più del rispetto necessario per comandare, spesso viene ucciso. E le guerre per la successione sono lunghe e sanguinose.

La causa ultima è sempre il potere, il controllo del territorio che garantisce ricchezza e prestigio. Lo spaccio e il pizzo possono creare conflitti, soprattutto quando si sconfina nel territorio degli altri. Il pretesto, però, può essere anche banale o futile.

Se i mafiosi potessero, non farebbero mai guerre. La violenza richiama l'attenzione dei media e delle forze dell'ordine. I mafiosi vanno alla ricerca di alleati, non di nemici. E li trovano tra gente comune che finge di non vedere: imprenditori che si piegano ai ricatti; politici che perseguono il potere e che spesso lo ottengono anche grazie ai voti di mafiosi e faccendieri per i quali il denaro non "puzza", un modo per dire che il denaro è sempre buono qualunque ne sia la provenienza.

A volte l'episodio che fa esplodere la guerra tra due famiglie può sembrare insignificante. La faida di San Luca che, nel 2007, dalla Calabria si è spinta fino in Germania, è scoppiata a causa di uno scherzo, alcune uova marce lanciate contro un circolo ricreativo. Le vere ragioni erano però altre. C'erano stati screzi tra due gruppi di 'ndrangheta che si contendevano il territorio di San Luca ed è bastato uno scherzo di carnevale per scatenare l'inferno.

La mafia sa anche costruire rapporti di buon vicinato. Clan che controllano territori diversi spesso si alleano per acquistare maggiori quantità di droga o per diventare più forti. A volte sono i matrimoni combinati, progettati a "tavolino", così come succedeva nel Medioevo tra le famiglie regnanti, a cementare alleanze e strategie.

• Che cos'è il pizzo?

Se quello non si è messo a posto, allora noi questa notte ci mettiamo la colla.

Un mafioso di Palermo, al telefono

So che la mafia nella mia città ha minacciato e tentato di mettere una bomba in una pizzeria perché voleva che chiudesse l'attività. Non sarei voluta essere nei panni di quelle persone, infatti la mafia crea una forte pressione psicologica.

Lucia, 13 anni

ANCHE I MAFIOSI PAGANO IL PIZZO

Giovanni Brusca, boss coinvolto nelle stragi di Palermo, oggi collaboratore di giustizia, pagò il pizzo a suo padre Bernardo per un appalto su alcuni lavori di scavo in un territorio che non controllava direttamente.

Il pizzo è una tassa che la mafia tenta di imporre a chiunque gestisca un'attività economica. Pizzo in siciliano significa becco. *Fari vagnari 'u pizzu* significa "bagnarsi il becco", cioè mangiare nel piatto degli altri.

Il procuratore nazionale antimafia, Pietro Grasso, l'ha definito "il costo della paura".

La logica è la stessa utilizzata nell'Ottocento in Sicilia con le piante di limone. Pagare e tacere. È la legge che la famiglia di mafia impone sul territorio su cui cerca di controllare tutto e tutti. Chi vuole lavorare senza problemi, deve pagare una quota mensile, la cosiddetta "mesata".

Spesso il commerciante, l'imprenditore, il professionista, l'artigiano, il venditore ambulante vengono raggiunti da una telefonata con un chiaro messaggio: «Ti devi cercare qualcuno».

Per alcuni giorni non succede niente. Poi una mattina, mentre il commerciante va ad aprire bottega, scopre che la chiave non entra nella serratura. C'è il mastice, l'arma più silenziosa che, in alcune zone, ha sostituito le bombe. Non fa rumore, ma ugualmente fa paura. Dopo qualche giorno, si presenta un ragazzo del quartiere, incensurato, garbato, che non parla mai di soldi. Chiede un'offerta per i carcerati o un contributo per pagare gli avvocati. C'è chi cede subito e chi invece cerca un sistema per farsi fare qualche sconto.

Supermercati, piccole oreficerie, tavole calde, tabaccai, boutique, studi professionali. Attraverso il pizzo, la mafia continua a manifestare la propria esistenza, a esercitare il proprio potere sul territorio.

Salvatore Lo Piccolo, un importante boss arrestato a Palermo nel 2007, aveva al proprio servizio quattrocento esattori, cioè uomini che per suo conto chiedevano il pizzo e che gli garantivano due milioni e mezzo di euro al mese.

Vent'anni fa, in Sicilia, Campania, Calabria tutti pagavano e nessuno denunciava. Poi qualcosa è cambiato. Nel 1991 a Palermo accade qualcosa che nessuno aveva previsto. Un imprenditore decide di non abbassare la testa e va a dirlo in televisione: «Non ho mai pagato e non pagherò mai il pizzo ai mafiosi». Riceve per questo anche il rimprovero dell'Assindustria, l'associazione degli industriali siciliani, che gli ricorda come le buone famiglie tendono a tacere. Viene ucciso il 29 agosto del 1991. Si chiama Libero Grassi.

Grazie al suo sacrificio nascono movimenti come Addiopizzo, che invitano a resistere, a denunciare, a non cedere ai ricatti. Cambia anche l'atteggiamento degli industriali che, diciannove anni dopo quell'omicidio, decidono di espellere dalla loro organizzazione gli imprenditori che piegano la testa.

L'estorsione non è solo un problema del Sud. Il pizzo viene richiesto e pagato anche in molte altre regioni italiane. Un collaboratore di giustizia racconta che a Reggio Emilia un boss, uscito dal carcere, in una settimana ha raccolto quasi un milione di euro da imprenditori che hanno fatto la fila per portargli i soldi. Senza neanche minacciarli.

• Che cos'è l'usura?

L'usura è una vecchia pratica che consiste nel prestare soldi con interessi talmente spropositati da rendere il rimborso quasi sempre impossibile. Anche l'usura è un reato, ma contrariamente a ciò che accade con il pizzo, sono i commercianti che vanno dai mafiosi a chiedere prestiti.

L'usuraio è detto anche "cravattaro" perché, con le sue crescenti e pressanti richieste di denaro, finisce per soffocare la sua vittima come il nodo mortale di una cravatta.

Il prestito offre un iniziale beneficio, ma ben presto il commerciante entra in un tunnel che lo porta alla disperazione.

Nell'impossibilità di estinguere il debito, gravato da forti interessi, il commerciante è spesso costretto a cedere al mafioso la propria attività, la propria azienda.

La mafia non è mai buona, né generosa.

Non garantisce benessere, né lavoro.

Dove c'è mafia c'è sempre povertà.

Una verità confermata anche da un rapporto del Censis (istituto di ricerca socio-economica) che ha identificato le mafie come la prima causa del mancato sviluppo del Sud.

NON SENTIRSI ISOLATI DÀ FORZA

L'estorsione non riguarda solo gli imprenditori e gli operatori commerciali, ma tutti i cittadini. Non sentirsi isolati dà forza. In un primo momento può anche succedere che si venga guardati con sospetto o che perlomeno vi sia una sottovalutazione del fenomeno. L'iniziativa pubblica dell'associazione serve a coinvolgere il maggior numero di soggetti, politici e istituzionali, e anche i comuni cittadini, la società civile. È questa la vera protezione...

Tano Grasso, uno dei paladini della lotta al pizzo

• Cosa vuol dire politico colluso?

Compare, quando ha vinto la destra si sono spostati tutti a destra, ha vinto la sinistra si sono spostati tutti a sinistra.

Conversazione tra due mafiosi

Un giorno chiedono al giudice Paolo Borsellino: «Che rapporto c'è tra politica e mafia?»

Risponde: «Sono due poteri che vivono sul controllo dello stesso territorio: o si fanno la guerra o si mettono d'accordo. Il terreno su cui possono accordarsi è la spartizione del denaro pubblico, il profitto illegale sui pubblici lavori».

Spesso i confini tra mafia e Stato sono confusi, invisibili, vischiosi, come quelli che separano la legalità dall'illegalità. Non è una lotta tra il bene e il male; non c'è solo il bianco e il nero, c'è anche una lunga variazione di grigi, come nell'universo mafioso. Per capire meglio la complessa articolazione della mafia, si può pensare a una serie di cerchi concentrici. Al centro ci sono gli affiliati, circa cinquemila, lo zoccolo duro, quelli che hanno giurato fedeltà alla mafia. Nel secondo cerchio ci sono i familiari, i parenti degli affiliati che ne condividono la mentalità, l'ambiente. Il terzo cerchio è occupato da chi aspira a far parte della mafia, i giovani che vengono avvicinati, studiati e selezionati. Nel cerchio successivo si colloca la manovalanza a basso prezzo, quella che gestisce il gioco d'azzardo, lo spaccio di droga e la ricettazione, cioè la vendita della merce rubata. Infine, nell'ultimo cerchio, quello più importante, ci sono colletti bianchi, professionisti, politici, imprenditori che costituiscono l'asse portante del potere mafioso.

Dice spesso Nicola Gratteri, magistrato in prima linea contro la 'ndrangheta, che il mafioso persegue il potere, ma gran parte di questo potere glielo danno gli altri.

È così da sempre.

Quando la mafia non ha ancora un nome, è Patrick Brydone, per primo, nel 1773, a descrivere il perverso intreccio che lega nobiltà, potere locale e malviventi, come una "onorabile confraternita". In un libro, questo viaggiatore scozzese racconta a un suo amico giamaicano che, durante i suoi spostamenti in Sicilia, il principe di Villafranca, governatore della città di Messina, lo fa accompagnare da una scorta per proteggerlo dai cattivi incontri.

«Ora da chi pensi che fosse composto questo fidato corpo di guardia?» chiede Brydone. «Te lo dirò io: dai più arditi e incalliti furfanti che esistano sulla faccia della terra. In un altro Paese sarebbero già stati messi al supplizio della ruota o appesi in catene; qui invece sono pubblicamente protetti e universalmente temuti e rispettati.»

A "unioni o fratellanze" che godono della protezione di alti funzionari, fa riferimento in un rapporto inviato al Ministro della Giustizia, anche il procuratore generale di Trapani Pietro Calà Ulloa nel 1838.

Con tutta probabilità si tratta dello stesso tipo di fratellanza che, stanca dei Borboni, accoglie nel 1860 Giuseppe Garibaldi come un liberatore. «Era dura necessità il reclutare gente di ogni risma» deve ammettere il barone Carpino, uno dei tanti sostenitori di Garibaldi in Sicilia. «Vi si era sventuratamente costretti da forza maggiore, e non potendosi essere arbitri della scelta, si doveva accogliere tutti coloro che dicevano di essere pronti a combattere.»

Da allora mafiosi e politici si aiutano a vicenda: voti in cambio di favori, attenzioni e protezioni.

Non solo al Sud, ma anche al Nord. La mafia, come le altre organizzazioni criminali, si allarga a macchia d'olio, scegliendo con attenzione i politici sui quali far convergere i propri voti.

Negli ultimi decenni, ci sono stati politici condannati per mafia e consigli comunali sciolti per infiltrazioni mafiose.

Il voto di scambio si diffonde sempre più. In alcune realtà il politico viene votato non perché lo si apprezzi o lo si conosca, ma perché in cambio offre qualcosa. A volte solo piccoli favori, come un parcheggio sotto casa, l'autorizzazione ad aprire un negozio, una concessione edilizia, perfino un semplice certificato.

È così che certi diritti finiscono per diventare favori. Ma il prezzo spesso è troppo alto.

Vengono messe in gioco cose ben più importanti: l'autonomia, il rispetto e la dignità.

E LA MAFIA NON STA A GUARDARE

Il silenzio [...] ha sempre avvolto il ruolo avuto dai gruppi mafiosi in Sicilia e camorristici a Napoli nell'avanzata di Garibaldi.

Senza quegli appoggi così influenti, potenti e in grado di condizionare ogni rivoluzione siciliana, Garibaldi avrebbe avuto molti più problemi: nell'avanzata lungo l'isola, nello scambio di informazioni e negli scontri con i borbonici. I mafiosi facevano da contrappeso alle ingerenze del potere statale negli interessi baronali. E anche durante la spedizione garibaldina quella regola venne rispettata.

Gigi Di Fiore, *Controstoria dell'Unità d'Italia. Fatti e misfatti del Risorgimento*

POTERI E AFFARI

Le mafie stringono ovunque alleanze con i politici, a cominciare dalle amministrazioni locali; senza rapporti con il potere non si fanno affari, non cresce il consenso sociale né il radicamento nel territorio.

Ferruccio Pinotti, *Poteri forti*

LA MAFIA DURANTE IL FASCISMO

Benito Mussolini fu il primo Presidente del Consiglio a dichiarare guerra alla mafia, inviando in Sicilia con poteri speciali il prefetto Cesare Mori. I metodi di Mori furono sbrigativi e discutibili, ma servirono a ripulire città, paesi e campagne. Si disse che Mussolini e Mori poterono farlo perché la dittatura governa senza voti. In realtà, in carcere finì soltanto la manovalanza mafiosa. I poteri forti, quelli che avevano sempre protetto la mafia, riuscirono a riciclarsi, indisturbati.

• Che cos'è l'ecomafia?

Un vecchio adagio del popolo Tuareg dice che "più ti avvicini al deserto e meno ti è visibile la sua vastità". Nell'indagine sul traffico dei rifiuti tossici è la stessa cosa.

Giuseppe Baldessarro, Manuela Iatì, *Avvelenati*

Dottò, 'a munnizza è oro. (Dottore, la spazzatura è oro.)

Nunzio Perrella, un collaboratore di giustizia originario del Rione Traiano a Napoli, al magistrato Franco Roberti, nel 1992

Il termine ecomafia indica la criminalità che specula sull'ambiente, facendo scempio del paesaggio, del territorio e della natura. È la mafia dei nuovi barbari che, contrariamente ai cani, sporca anche la cuccia dove dorme. Gente senza cuore e senza anima che, per inseguire profitti criminali, ammorba e degrada anche il luogo in cui vive.

In alcune zone si registrano morti per tumore più che in ogni altra parte del Paese. Tra le varie cause, vi è certamente la contaminazione degli alimenti, soprattutto di frutta e verdura. In Campania, a Nola, Acerra e Marigliano, la percentuale di uomini che muoiono per tumori al fegato è del 35,9%, rispetto al 14% della media nazionale. L'indice di mortalità delle donne è del 20,5%. In questa stessa zona si muore di più anche per altri tipi di tumore.

In uno studio, pubblicato dalla rivista "Lancet", una delle più prestigiose in campo scientifico, Alfredo Mazza, giovane ricercatore del CNR (Consiglio Nazionale della Ricerca), scrive: «Siamo di fronte a un allarme sanitario gravissimo. La questione dei rifiuti nell'Italia meridionale sta raggiungendo proporzioni epiche. La criminalità organizzata ha fatto dello smaltimento illegale dei rifiuti un vero business attraverso il controllo di cinquemila discariche illegali. Migliaia di persone sono state esposte a sostanze tossiche per decenni. Tutto è contaminato: gli agenti inquinanti nell'aria, nell'acqua e nei prodotti della terra sono ben al di sopra dei livelli consentiti. È una emergenza: io stesso ho perso diversi amici colpiti da tumore. E non c'è dubbio che dietro quelle morti ci siano i rifiuti tossici».

Le storie di inquinamento e di morte, purtroppo, non si fermano solo al Sud, ai rifiuti di Napoli o ai fanghi radioattivi della provincia di Cosenza, ma coinvolgono anche tante zone del Nord, tra cui Seveso e Brescia.

Secondo un rapporto del Corpo Forestale dello Stato, in Italia su seimiladuecentottantasei discariche, solo millequattrocentoventi sono autorizzate; di queste, settecentottanta sono dedicate alla raccolta dei rifiuti urbani e seicentoquaranta a quelli speciali.

Vent'anni fa un ex camorrista disse che i rifiuti erano come l'oro perché intorno ad essi si sviluppava un enorme giro di affari e veleni. Gli ultimi rapporti di Legambiente sono drammatici. Nel 2008 in Italia sarebbero "spariti" trentuno milioni di tonnellate di rifiuti industriali, una montagna alta tremilacento metri, alta quanto l'Etna.

Come sia potuto accadere, nessuno lo sa. Si pensa che molte di queste sostanze siano finite in cave abbandonate con rischi di inquinamento delle falde acquifere e dei prodotti che finiscono sulla nostra tavola.

Nel nulla spesso scompaiono anche tanti rifiuti radioattivi che provengono da ospedali e industrie. Sono veleni caricati su carrette del mare e fatte affondare lungo le nostre coste.

«Basta essere furbi, aspettare delle giornate di mare giusto, e chi vuoi che se ne accorga» dice uno 'ndranghetista, intercettato dalla polizia durante una conversazione. «E il mare? Che ne sarà del mare... se lo ammorbiamo?» risponde l'altro. «Ma sai quanto ce ne fottiamo del mare: pensa ai soldi, che con quelli il mare andiamo a trovarcelo da un'altra parte.»

I rifiuti sono uno dei principali nemici dell'ambiente, ma sono in buona compagnia con il cemento utilizzato, specie negli ultimi decenni, in modo dissennato e brutale. Vengono deturpate coste meravigliose e saccheggiati interi territori per l'estrazione illecita di materiali da costruzione (i cosiddetti "inerti"). Tutto accade nell'indifferenza di molti. Fino all'aprile del 2001 lo smaltimento illegale di rifiuti è considerato una semplice infrazione amministrativa. E chi deturpa il territorio se la cava con una multa, pur avendo illecitamente guadagnato milioni di euro.

Oggi l'ecomafia fattura in Italia quasi ventuno miliardi di euro l'anno, molto più della Apple, il gigante dei computer. Una grave e tragica ferita per l'ambiente e per la nostra salute.

• Quali sono le principali attività economiche della mafia?

I mafiosi dei livelli più bassi vivono di attività illegali. Man mano che si sale nella gerarchia, invece, si alimentano di attività più lecite e visibili.

Il pizzo e l'usura garantiscono liquidità, denaro in contanti, ma l'investimento più importante è quello della droga con cui ottengono enormi guadagni. Oggi al mondo non esiste nulla che possa garantire gli stessi margini di profitto del traffico di droga. Roberto Saviano, l'autore di *Gomorra*, definisce la cocaina il petrolio bianco, il vero miracolo del capitalismo contemporaneo.

Un patrimonio sporco di sangue che ogni cosca difende con tutta la violenza di cui è capace. Ogni cosca ha infatti il proprio arsenale, armi, munizioni ed esplosivo, che utilizza non solo per difendere i propri profitti, ma anche per attaccare, in caso di guerra, uomini di altre cosche.

Le organizzazioni mafiose spesso trafficano in armi, le vendono e le comprano. Scambiano armi per droga e, così facendo, alimentano sanguinose guerriglie, specie in Africa.

Armi e droga sono le principali fonti di ricchezza, ma i mafiosi si dedicano a tante altre attività illecite, come il gioco d'azzardo, l'immigrazione clandestina, la prostituzione, lo smaltimento illegale dei rifiuti urbani e industriali, il contrabbando di sigarette, il mercato del falso, cioè la contraffazione di marchi, soprattutto nel settore dell'abbigliamento e della pelletteria. Traggono profitti anche con la tratta dei nuovi schiavi, un esercito di disperati che viene fatto arrivare in Italia con la promessa di un lavoro, ma che poi viene costretto a prostituirsi o a lavorare in condizioni disumane in fabbriche clandestine o in piantagioni gestite da persone senza scrupoli.

• Quanto guadagnano le mafie?

Il giro economico delle quattro più importanti organizzazioni mafiose ammonta a circa centotrenta miliardi di euro l'anno, pari al 7% del prodotto interno lordo, cioè di tutta la ricchezza prodotta nel nostro Paese.

Le attività illecite portano nelle casse delle mafie solo denaro contante che non può essere portato in banca perché le leggi italiane ne limitano il deposito a somme inferiori a dodicimilacinquecento euro. Per superare questi

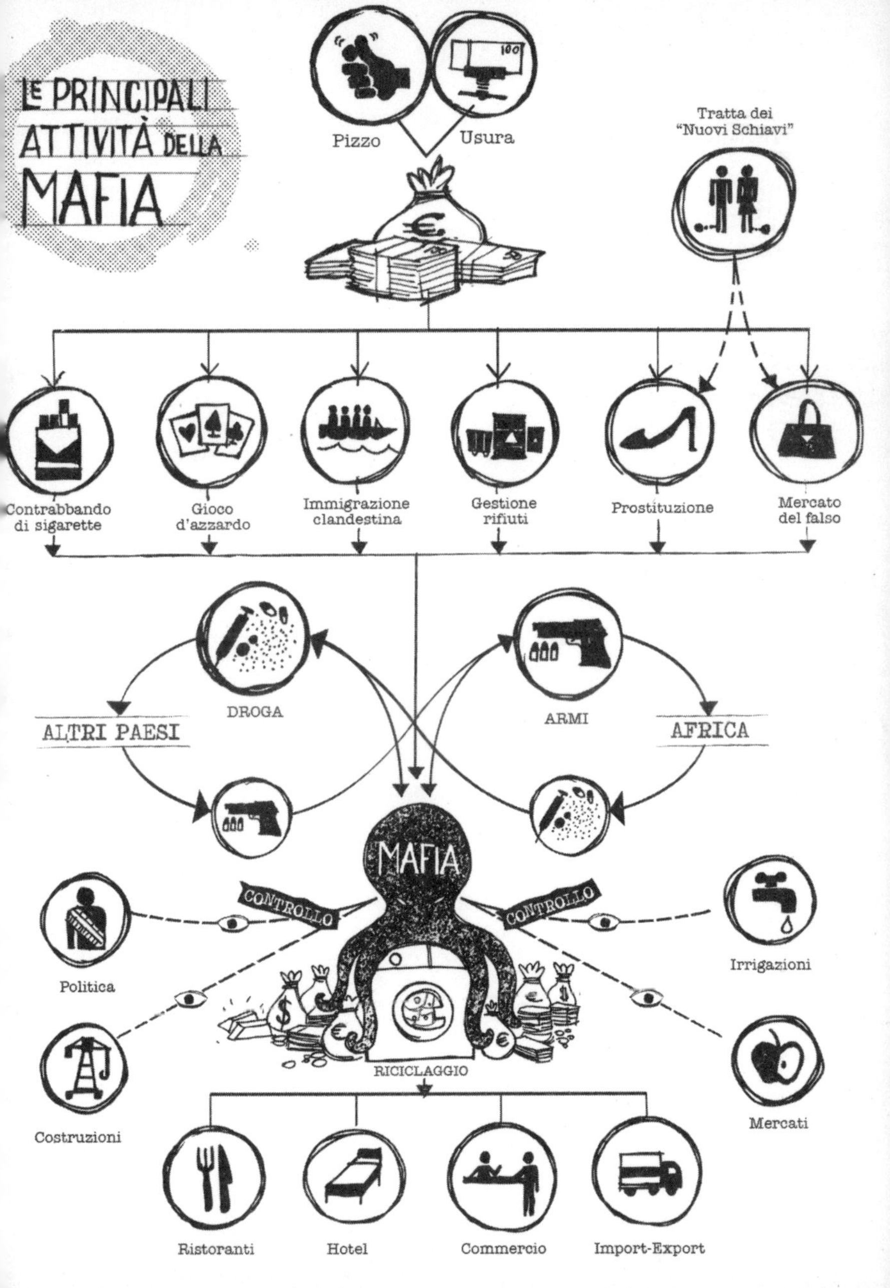

LE PRINCIPALI ATTIVITÀ DELLA MAFIA
Pizzo
Usura
Tratta dei "Nuovi Schiavi"
Contrabbando di sigarette
Gioco d'azzardo
Immigrazione clandestina
Gestione rifiuti
Prostituzione
Mercato del falso
DROGA
ARMI
ALTRI PAESI
AFRICA
MAFIA
CONTROLLO
CONTROLLO
Politica
Irrigazioni
Costruzioni
Mercati
RICICLAGGIO
Ristoranti
Hotel
Commercio
Import-Export

vincoli entrano in gioco i professionisti, detti anche "colletti bianchi". Uomini non organici alla mafia, ma che con i mafiosi fanno affari, aiutandoli a riciclare il loro denaro.

Da decenni, i soldi delle mafie vengono investiti nelle città del Centro-Nord per costruire alberghi, acquistare ristoranti, gestire commerci, creare società di import-export. Un potere economico enorme, che però non è ancora tutto. La mafia si aggiudica anche appalti, acquista licenze edilizie, aree edificabili, mette le mani sui sistemi di irrigazione, esercita il controllo sui mercati ortofrutticoli. E ancora, opera in Borsa acquistando azioni di società importanti e investe anche all'estero. È una complessa attività di riciclaggio per la quale servono prestanome, persone insospettabili che non hanno mai avuto problemi con la giustizia. È gente dalla faccia pulita che passa inosservata e si insinua negli ambienti che contano. Ormai da troppo tempo, direttamente o indirettamente, la mafia grava sulla vita di tutti noi. Lo sostiene anche Antonino Calderone, ex boss, oggi collaboratore di giustizia: «Dentro la mafia c'è di tutto... Il mafioso è come un ragno. Costruisce ragnatele di amicizie, di conoscenze, di obbligazioni...»

• Dove viene prodotta la droga?

La Colombia è il paese che ne produce di più. Un tempo era la terra dell'oro. Raccontano gli indios: «Il sole era un omiciattolo brutto e malformato. Gli fu chiesto: vuoi essere come il padre del mondo? Rispose di sì. E lo vestirono d'oro puro: d'oro il vestito, d'oro la sciarpa, d'oro il cappello, d'oro la bisaccia. Tutto d'oro. Quando si alzò in piedi, finì la notte». Un lungo periodo di luce interrotto dalla conquista europea. L'arrivo di Cristoforo Colombo riporta le tenebre. Un ruvido capitano spagnolo, qualche anno dopo, ammette: «Più che colonizzare, abbiamo dissotterrato i morti e seppellito i vivi, per spogliare questi e quelli dell'oro».

Oggi la Colombia non è più la terra dell'oro, ma della cocaina. Chi la coltiva guadagna sei volte di più rispetto alla yucca, al mais o alle banane, dodicimila euro all'anno anziché due. Ma sono briciole rispetto agli enormi guadagni che la cocaina garantisce alle mafie.

Nel clima caldo-umido dei Tropici, i cespugli con le foglie di coca crescono almeno due volte l'anno. Le foglie vengono raccolte e immerse nella benzina o nel cherosene; poi se ne estrae il principio attivo che viene lasciato decantare. La soluzione ottenuta viene infine trattata con calce viva e acido solforico e da essa si ricava una polvere biancastra che i contadini vendono ai commercianti per un milione di pesos al chilo, circa cinquanta euro.

Attraverso la raffinazione nei loro laboratori, i commercianti trasformano un chilo di questa polvere in due chilogrammi di cocaina pura. I broker delle mafie italiane la comprano in Colombia e ne curano la spedizione in Europa. Una lunga filiera in cui trova posto anche la fase di

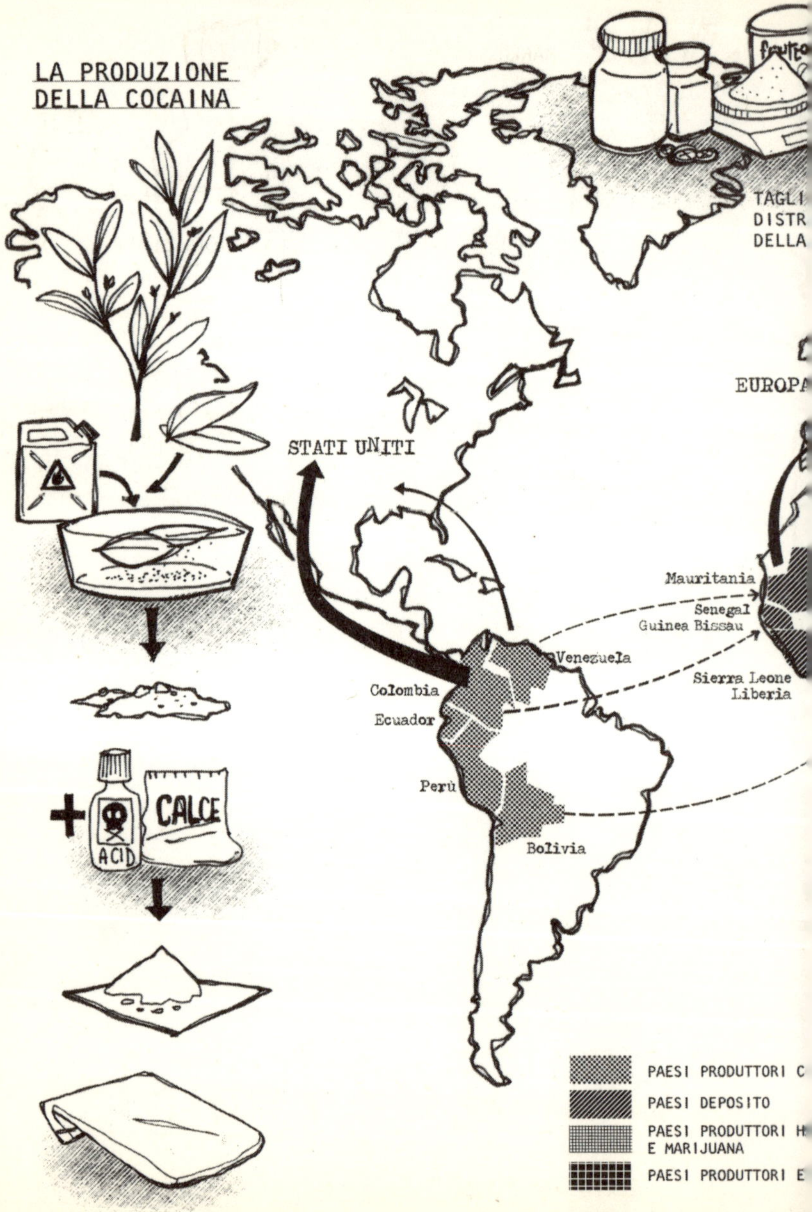

LA PRODUZIONE
DELLA COCAINA
CALCE
ACID
STATI UNITI
EUROPA
TAGLI
DISTR
DELLA
Mauritania
Senegal
Guinea Bissau
Sierra Leone
Liberia
Venezuela
Colombia
Ecuador
Perù
Bolivia
PAESI PRODUTTORI C
PAESI DEPOSITO
PAESI PRODUTTORI H
E MARIJUANA
PAESI PRODUTTORI E

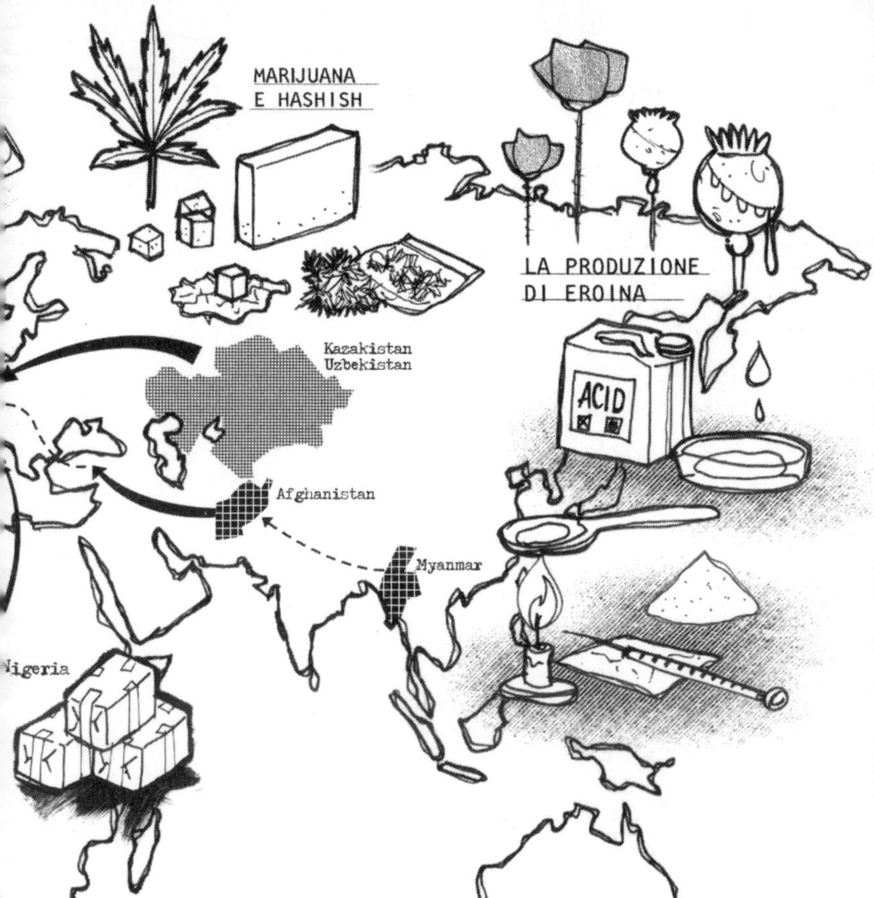

LE ROTTE DELLA DROGA

"taglio". Da un chilo di cocaina pura mischiata con altre sostanze, a volte innocue, come fruttosio, purganti e mannite, altre volte pericolose come anfetamina e atropina, si ricavano quattro chili e mezzo di droga, quattromilacinquecento grammi. Un grammo di cocaina "tagliata" arriva a costare al consumatore fino a cinquanta euro, un valore che, moltiplicato per i quattromilacinquecento grammi, produce enormi guadagni. Per ogni chilo di cocaina acquistato in Colombia a circa millecinquecento euro, le mafie ne incassano ventiduemilacinquecento. Non è necessario fare altri calcoli. Il traffico di droga è, senza dubbio, l'affare più redditizio per le mafie.

I carichi che partono dalla Colombia sono nell'ordine delle tonnellate e i consumatori di cocaina nel mondo sono circa quattordici milioni. Una dipendenza che da decenni causa più vittime di una guerra combattuta con le armi.

La cocaina non colpisce solo le persone. Lentamente distrugge anche l'ambiente. Per produrre un chilo di cocaina servono trecentosessanta chili di foglie di coca e un ettaro di terreno ne produce in media mille chili per raccolto. Chi aspira una striscia di cocaina si appropria di tre metri quadrati di foresta vergine. Ogni euro speso per comprare droga rende le mafie sempre più ricche e potenti.

Perù e Bolivia condividono con la Colombia il triste primato di maggiori Paesi produttori di cocaina. In Perù le tribù andine utilizzano le foglie di coca come anestetico per non sentire la fame e per difendersi dal freddo dell'alta quota. In Bolivia la coltivazione della coca è consentita per usi medicinali. Le sue foglie vengono masticate e usate come base per la preparazione del *mate*, un infuso comunemente consumato per strada e nei bar.

Ma non di sola cocaina si alimenta la criminalità organizzata. Ci sono altre sostanze, come l'eroina, la cannabis, l'hashish e le droghe sintetiche. Oggi si registra un aumento anche del consumo di eroina, sostanza prodotta dall'oppio, a sua volta estratto dal papavero.

Il 94% delle colture mondiali di papavero da oppio è concentrato in Afghanistan e Myanmar (ex Birmania).

L'eroina si raffina con l'anidride acetica e, come la cocaina, crea una forte dipendenza fisica e psichica. Drogarsi è come camminare schiacciati da un peso che, giorno dopo giorno, toglie la capacità di pensare e decidere per la propria vita.

Nel mondo, venticinque milioni di persone consumano droghe sintetiche che si diffondono con più facilità soprattutto tra i giovani. Il giro di affari è enorme. Le forze dell'ordine riescono a sequestrare soltanto il 14% della droga destinata al consumo.

Ci sono organizzazioni, come la 'ndrangheta, che utilizzano l'Africa come deposito per la cocaina. Decine di tonnellate vengono stoccate in Paesi come la Guinea Bissau e la Namibia. Da qui, su richiesta, la droga parte, suddivisa in piccole quantità per raggiungere l'Europa. Anche in Spagna la cocaina arriva in abbondanza e viene poi distribuita nel resto dell'Europa.

La moneta preferita dai narcotrafficanti non è più il

dollaro americano, ma l'euro. È più agevole e vantaggioso riempire una valigetta con banconote da cinquecento euro piuttosto che da cento dollari. Al di là del tipo di valuta utilizzata, per le mafie i soldi non si contano, si pesano. Ne hanno talmente tanti che anche quando li perdono non se ne preoccupano, come ricorda spesso il giudice Nicola Gratteri citando una conversazione tra due trafficanti, intercettati dalla polizia: «Avevamo sotterrato duecentocinquanta miliardi. Ne abbiamo dovuti buttare sette-otto perché erano ammuffiti per l'umidità».

• Che cosa sono le "infiltrazioni mafiose"?

Le mafie sono presenti dovunque ci siano da gestire denaro e potere. Nessuno, in nessun angolo del mondo, può sentirsi al sicuro. I mafiosi a poco a poco entrano negli ambienti che contano, che decidono.

Con la facilità con cui l'acqua riempie le fessure di un terreno non compatto, occupano gli spazi che la società non presidia e non difende a sufficienza. Si infiltrano nelle amministrazioni comunali, provinciali e regionali, nel circuito degli appalti e dell'economia. Gestiscono potere nelle Asl, le aziende sanitarie locali, nelle imprese private e nelle banche. Fanno vincere concorsi e raccomandano persone di propria fiducia.

Chi entra negli enti locali o in Parlamento con i voti delle mafie, deve garantire appalti, contatti, relazioni e chi lavora negli ospedali deve fornire a chi lo ha raccomandato servizi immediati: visite, ricoveri e interventi, senza lunghe attese.

Il rapporto tra politica e mafia è simbiotico, simile a quello che lega i pesci e l'acqua in una relazione in cui l'uno non può fare a meno dell'altro.

Le mafie si infiltrano anche lontano dai luoghi di origine, come ricorda Leonardo Sciascia, grande scrittore del Novecento: «Forse tutta l'Italia va diventando Sicilia [...] gli scienziati dicono che la linea della palma, cioè il clima che è propizio alla vegetazione della palma, viene su, verso il Nord, di cinquecento metri, mi pare, ogni anno...». E infatti le mafie seguono la linea della palma verso il Nord e costruiscono reti di collaborazione e di protezione.

Da anni, le istituzioni, con il loro silenzio, cercano di negarne la presenza nelle regioni del Centro-Nord, quasi a respingere una vergogna che potrebbe screditare comunità e territori. Protette da questo silenzio, la mafie crescono e mettono radici in tante parti del Paese, a dimostrazione di come esse siano più pericolose quando non si vedono, quando si insinuano tra le pieghe del tessuto economico e sociale della comunità, scorrendo indisturbate come corsi d'acqua sotterranei.

Nell'Italia del Centro-Nord hanno cominciato con i sequestri di persona, per poi dedicarsi al traffico di droga e al riciclaggio di denaro. Oggi trovano varchi nella politica e nella finanza, eleggono loro rappresentanti nelle amministrazioni degli enti locali, costruiscono quartieri e città, ponti e strade. Fanno i loro affari illeciti con discrezione, in modo meno sfrontato rispetto ai luoghi di provenienza.

Anche le ricorrenti crisi economiche favoriscono le infiltrazioni. In tempi di crisi, con il denaro che a loro certamente non manca, le mafie intensificano i propri investimenti, acquistano quote di imprese, aziende e società, offrono "aiuto" ai tanti imprenditori in difficoltà. E, una volta entrati nel sistema e legittimati dalle regole dell'imprenditoria legale, in tempi brevi i mafiosi si radicano e si arricchiscono alle spalle delle comunità. Nonostante in molti territori siano evidenti situazioni simili, c'è ancora chi persiste nella sottovalutazione del pericolo.

• Come viene combattuta la mafia?

La mafia è un gruppo di persone che si occupano di corrompere politici e poliziotti per i propri scopi, a volte anche di uccidere persone che gli possono ostacolare il loro percorso. Di solito a capo di queste organizzazioni c'è un boss che non sempre viene arrestato facilmente. Ma se viene arrestato tutte le sue ricchezze vengono sequestrate.

Silvio, 15 anni

Secondo Norberto Bobbio, grande filosofo e politologo italiano, per la sola presenza della mafia in Italia, dovremmo tenere perpetuamente la bandiera a mezz'asta, in segno di dolore e di lutto.

Per centocinquant'anni è mancata la volontà di combattere le mafie. Lo Stato le ha guardate con occhio distratto, limitandosi a reagire solo dopo qualche fatto eclatante, una strage, l'omicidio di una persona importante. Nonostante di mafia si parli dal lontano 1861, solo nel 1982, dopo l'omicidio di Pio La Torre, deputato del partito comunista da sempre nemico della mafia, e dopo la strage di via Carini, in cui perdono la vita il generale Carlo Alberto Dalla Chiesa, la moglie, Emanuela Setti Carraro, e l'agente di scorta Domenico Russo, viene introdotto nel codice penale il reato di associazione a delinquere di stampo mafioso (416 bis).

Negli ultimi venti anni lo Stato mette a punto alcune strategie che si rivelano particolarmente efficaci, come la confisca dei beni accumulati con mezzi illeciti. Una grande sconfitta per i mafiosi che, tra i rischi, mettono sempre in conto il carcere, ma non sopportano l'idea di uno Stato che rovisti nelle loro tasche. Dei *picciuli*, soldi in dialetto siciliano, sono gelosissimi.

La politica non dà buoni esempi nella lotta a Cosa Nostra. La colpisce solo quando questa tenta di prendere il comando e non si limita a "collaborare". Passato il momento di tensione, si stabiliscono nuovi patti e nuovi equilibri.

Il politico che chiede favori alla mafia non perde solo la propria autonomia, ma anche la capacità di combatterla. Se lo fa viene punito. Inevitabilmente.

• Chi è un pentito?

Davanti alla gran curti non si parra, pochi paroli e cull'occhiuzzi 'nterra, l'omu chi parra assai sempre la sgarra! Culla sua stessa lingua s'assutterra.

(Davanti alla gran corte non si parla, poche parole e con gli occhi rivolti verso terra, l'uomo che parla troppo sempre sbaglia! Con la sua stessa lingua si scava la fossa.)

Un modo di dire mafioso

Il pentito è una persona che decide di lasciare l'organizzazione criminale di cui fa parte e di collaborare con la giustizia.

Il termine non è però esatto, anche se è entrato nel linguaggio comune. È più corretto parlare di collaboratore di giustizia, dato che spesso una persona che sceglie di collaborare non lo fa per motivi ideali, né per rimorsi di coscienza, ma per ragioni molto concrete.

Il collaboratore decide di tradire il patto di appartenenza criminale quando egli stesso si sente tradito.

Parla per salvare la pelle, per evitare il carcere, per vendicarsi di chi molto gli ha chiesto o promesso e poco o nulla gli ha restituito. Quando restano soli, molti mafiosi si scoprono fragili e disposti a mettere in discussione ogni patto, ogni giuramento, ogni impegno. Spesso collaborano per ottenere sconti di pena.

Ci sono, però, anche gli irriducibili, quelli che preferiscono restare in carcere senza aprire bocca.

Il collaboratore di giustizia non viene subito inserito in un programma di protezione. Spesso le verifiche dei magistrati richiedono tempi lunghi. Bisogna fare riscontri, capire se il collaboratore dice il vero o cerca di depistare le indagini, indirizzando i magistrati verso direzioni sbagliate.

Chi parla rischia. E, pertanto, nel caso in cui venga riconosciuta l'importanza della collaborazione, l'ex mafioso viene trasferito in un luogo protetto. Molte volte i mafiosi che collaborano vengono aiutati a rifarsi una vita, con un'altra identità, in un'altra regione o addirit-

tura all'estero. Molti collaboratori di giustizia ricevono un sostegno economico per poter vivere e mantenere la famiglia.

• C'è differenza tra collaboratori e testimoni di giustizia?

Purtroppo, collaboratori e testimoni di giustizia vengono spesso compresi nello stesso gruppo. Ma si tratta di un grave errore. I primi, detti anche "pentiti", hanno avuto legami e rapporti con la mafia e hanno piena e provata responsabilità nella commissione di reati.

I testimoni, invece, sono persone che, attraverso una coraggiosa denuncia, hanno fornito informazioni su fatti di cui sono stati testimoni o vittime. Si tratta spesso di commercianti che si rifiutano di pagare il pizzo o di persone non più disposte a pagare interessi a tassi di usura. Ma possono anche essere testimoni oculari, come l'agente di commercio che ha aiutato la polizia a identificare gli assassini del giudice Rosario Livatino e che, per ragioni di sicurezza, è stato costretto a cambiare nome, città e lavoro. Vi sono anche testimoni di giustizia come Piera Aiello, che ha sfidato la sua stessa famiglia mafiosa per respirare quel "fresco profumo di libertà" di cui le aveva parlato Paolo Borsellino. Aiello era cognata di Rita Atria, una ragazza di Partanna, in Sicilia, che aveva cominciato a collaborare con la giustizia e che si è suicidata dopo la strage di via D'Amelio, sopraffatta dalla solitudine. Nell'omicidio di Borsellino, l'uomo di cui si era fidata, aveva visto la fine di tutto. Anche della speranza.

AMAVO COSA NOSTRA

Io amavo Cosa Nostra, ne ero affascinato. Ho creduto che mi garantisse rispetto e onore. L'ho creduto per molti anni. Ho cominciato a capire quando Totò Riina [il capo di tutti i capi, arrestato nel 1993, N.d.A.] *fece uccidere Saro Riccobono, il capo della mia famiglia, la famiglia di Partanna-Mondello. Altro che onore!... Altro che uomini d'onore!... Per stare dentro Cosa Nostra basta sapere uccidere, l'onore non c'entra nulla con questa Cosa Nostra che è ormai in mano a uomini che vogliono tutto il potere, ad ogni costo e tutto per loro. Anche prima si uccideva. Si è sempre ucciso. Ma sempre un altro uomo d'onore si è ucciso e sempre per difendere l'onore, gli interessi della famiglia, il rispetto delle regole. Era sempre un delitto, c'era sempre un morto, ma ci voleva coraggio e pazienza ché sapevi che anche tu potevi essere ucciso. Non ci vuole coraggio, oggi, per sparare sulle donne e sui bambini. Anch'io sarei stato ucciso. In libertà avrei potuto anche farla franca, ma ero in carcere e, in carcere, mi avrebbero fumato e, dopo di me, la mia famiglia. Io non volevo morire per mano di qualche amico per l'unica colpa di essere stato con Saro Riccobono.*

Non avevo possibilità... Io sono stato un delinquente, un delinquente vero. Ho fatto la galera, sono stato latitante. Non ho mai avuto paura di un processo. Ho trafficato droga e ho ucciso, e so che devo pagare. Quando ho cominciato a collaborare, stavo scontando una pena di tredici anni e otto mesi. Tra condoni e abbuoni, in due anni, due anni e mezzo, sarei uscito... e invece ho confessato, ho confessato tutto. Sì, anche i molti omicidi che ho fatto [ventidue, N.d.A.]. *Me li sono accollati tutti.*

Gaspare Mutolo, ex affiliato di Cosa Nostra,
oggi collaboratore di giustizia

• Che cos'è una scorta? Chi ne ha bisogno?

La mafia è una comunità dove si decidono gli appalti, i territori e chi deve vivere.

Matteo, 17 anni

La scorta è una forma di protezione decisa dallo Stato. Serve per garantire l'incolumità di chi è minacciato o è a rischio di aggressione. Tra i più esposti ci sono tanti magistrati che, per la loro attività in difesa della giustizia, rischiano la vita e, pertanto, vengono protetti da agenti armati che li seguono costantemente e li accompagnano in auto blindate. Non è un compito facile quello degli agenti di scorta. In caso di pericolo, devono essere pronti a reagire e, se le circostanze lo richiedono, anche a uccidere, per tutelare l'incolumità della persona a loro affidata.

L'assegnazione della scorta viene decisa dai comitati provinciali per l'ordine e la sicurezza pubblica presieduti dal prefetto e composti dal questore, dal sindaco del comune capoluogo, dal presidente della provincia, dai comandanti provinciali dei Carabinieri, della Guardia di Finanza e del Corpo Forestale dello Stato.

Spesso la scorta protegge anche la famiglia: accompagna i figli a scuola, la moglie al lavoro e sorveglia l'abitazione ventiquattro ore al giorno, a volte con l'aiuto di telecamere a circuito chiuso. Non ci sono pause o interruzioni nel servizio di scorta. Un soggetto a rischio deve essere seguito dappertutto, anche in vacanza o mentre fa la spesa.

La scorta è spesso composta da giovani agenti che, all'inizio, per guadagnare un po' di più, affrontano questo rischioso e delicato lavoro. Poi, però, finiscono per restare e non più per i soldi, ma per il rapporto che si crea con la persona protetta.

Erano giovani Rocco Di Cillo, trent'anni, Vito Schifani, ventisette anni e un figlio di quattro mesi, e Antonio Montinaro, trent'anni anni e due figli, morti per proteggere Giovanni Falcone e la moglie, Francesca Morvillo.

E giovani erano anche gli agenti uccisi con il giudice Paolo Borsellino a Palermo nell'agosto del 1992. C'era anche una donna, nata e cresciuta a Sestu, un paese a pochi chilometri da Cagliari. Si chiamava Emanuela Loi, aveva ventiquattro anni e stava per sposarsi. È stata la prima donna a far parte di una scorta. Con lei in via D'Amelio, insieme a Paolo Borsellino morirono anche Agostino Catalano, quarantatre anni e due figlie, Walter Eddie Cosima, trenta, Vincenzo Li Muli, ventidue e Claudio Traina, ventisei.

LE ALTRE MAFIE ITALIANE

Il termine mafia, usato finora per raccontare Cosa Nostra, viene frequentemente utilizzato anche per definire genericamente le organizzazioni criminali che hanno caratteristiche simili, come la 'ndrangheta calabrese, la Camorra napoletana, la Sacra Corona Unita pugliese e la mafia lucana dei Basilischi.

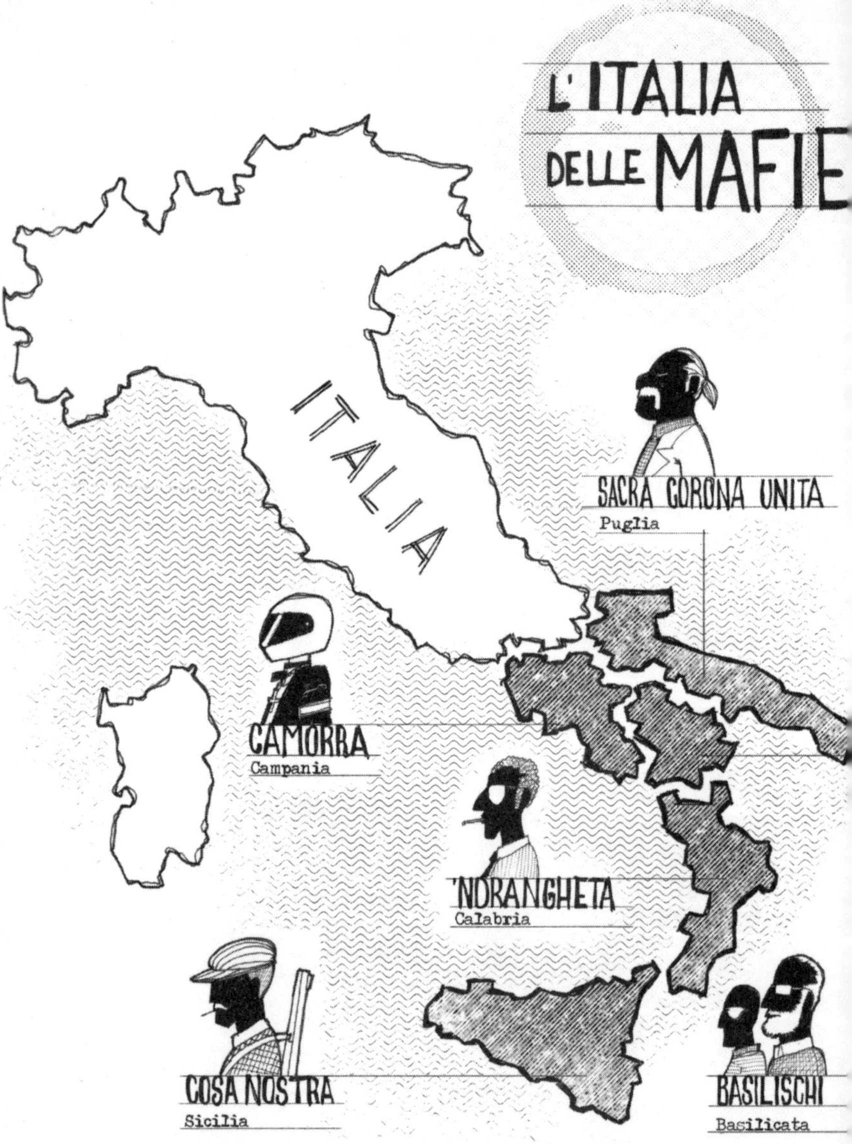

L'ITALIA DELLE MAFIE
ITALIA
SACRA CORONA UNITA
Puglia
CAMORRA
Campania
'NDRANGHETA
Calabria
COSA NOSTRA
Sicilia
BASILISCHI
Basilicata

LA 'NDRANGHETA

Noi il sangue nostro non lo rinneghiamo mai, mai, neanche se ci tolgono gli occhi.

Dichiarazione della sorella naturale
di un boss della 'ndrangheta

• Che cos'è la 'ndrangheta?

La 'ndrangheta è oggi l'organizzazione criminale più ricca, ma anche più potente, grazie soprattutto al traffico di droga, di cui ha il controllo quasi esclusivo in Europa con un fatturato superiore ai quarantaquattro miliardi di euro all'anno.

Nata in Calabria, la 'ndrangheta è riuscita a espandersi in quasi tutte le regioni d'Italia e nei cinque continenti, soprattutto grazie alla sua struttura basata sul vincolo di sangue che, da sempre, la rende forte e impenetrabile. Un legame che imprigiona con i suoi obblighi e che protegge l'organizzazione da possibili tradimenti.

Chi entra nella 'ndrangheta si unisce a qualcuno più che a qualcosa. Pentirsi e denunciare i crimini alla giustizia è quasi impossibile: significherebbe tradire i propri familiari. La famiglia di 'ndrangheta è formata da figli, fratelli, cugini, cognati, ma anche compari, persone alle quale si è legati per mezzo di battesimi, cresime e matrimoni.

• Come e quando nasce la 'ndrangheta?

Quando comincia a farsi notare, nella seconda metà dell'Ottocento, la 'ndrangheta è nota con il nome di *picciotteria*, da *picciotto* che in dialetto significa giovanotto e che nella gerarchia mafiosa indica il grado più basso.

Si sviluppa nelle zone economicamente più vivaci della Calabria, come le terre degli uliveti e degli agrumeti della piana di Gioia Tauro, con la pratica dell'abigeato, ovvero il furto di animali.

Sono anni in cui l'economia di intere famiglie dipende dall'allevamento di ovini e bovini.

Nella famiglia c'è la divisione dei compiti: uno porta gli animali al pascolo, un altro prepara l'accampamento. C'è chi taglia la legna, chi prepara il fuoco, chi munge, chi fa il formaggio e lava la caldaia. È ormai notte quando si conclude la faticosa e lunga giornata dei contadini cominciata con la sveglia all'alba. Spesso si dorme su un letto di frasche.

«Non è bella la vita dei pastori in Aspromonte, d'inverno» scrive Corrado Alvaro, noto scrittore calabrese «quando i torbidi torrenti corrono al mare, e la terra sembra navigare sulle acque».

Ma se c'è chi si spezza la schiena, c'è anche chi pretende di vivere alle spalle degli altri.

Sono ladri di campagna che agiscono con grande furbizia. Dopo il furto, portano gli animali in un luogo lontano e sicuro, dove vengono velocemente venduti e macellati per cancellare ogni possibile traccia. Le fiere, feste paesane frequentate soprattutto da agricoltori, sono occasioni per creare contatti e per organizzare nuovi furti.

Tra animali, agrumeti e uliveti nasce la 'ndrangheta che ben presto raggiunge anche le città, dove si organizza per sfruttare i piccoli vizi di contadini e braccianti, come il gioco delle carte e il consumo di vino nelle osterie. Nel contempo, delinquenti e bulli vengono utilizzati anche per minacciare avversari di questo o di quel partito, come accade nel 1869 a Reggio Calabria, quando le elezioni amministrative vengono annullate per un "uso violento della politica", cioè a causa di minacce a sindaci, deputati e semplici elettori.

Una pratica che diventa sempre più diffusa dopo l'approvazione della riforma elettorale che nel 1882 amplia in Italia il numero degli elettori, portandolo da circa seicentomila a due milioni, cioè un terzo della popolazione maschile adulta. Siamo nell'Ottocento, ma da allora le cose non sono certo migliorate.

• Come si è arricchita la 'ndrangheta?

Negli anni Sessanta la 'ndrangheta comincia a rapire uomini, donne e bambini. Senza scrupoli, come se si trattasse di animali.

Gli ostaggi vengono custoditi in Calabria. Cesare Casella, un ragazzo di Pavia, ha diciotto anni quando viene sequestrato nel gennaio del 1988. Rimane prigioniero per settecentoquarantatre giorni, finché non viene liberato dietro pagamento del riscatto.

«Sono stato trattato come un cane» racconta, affondando la memoria tra i ricordi. «Come il cane di un padrone senza cuore; un padrone che arriva, porta da mangiare, porta l'acqua e controlla la catena. Di catene ne avevo due. Alla caviglia, un catenone a maglie grosse. Al collo, una più sottile. La mia libertà di movimento era di un metro e mezzo, il minimo spazio per potermi muovere. Riuscivo anche a fare un po' di ginnastica. Non volevo arrendermi. Momenti di disperazione non ne ho mai avuti. Qualche volta mi è capitato di piangere, ma di rabbia. Ho vissuto come cent'anni fa, nel freddo, nel caldo infernale, fra topi e serpenti.»

Vincenzo Diano, un ragazzino calabrese che non ha ancora compiuto undici anni, viene rapito nell'estate del 1984 a Lazzaro, una frazione del comune di Motta San Giovanni, in provincia di Reggio Calabria. Sta tornando a casa con la sorellina Francesca e due amichetti; è in sella a un motorino che non vuole saperne di partire.

Lo caricano di forza sul sedile posteriore di un'auto che rapidamente scompare senza lasciare traccia. Anche lui sarà liberato dietro pagamento di un riscatto.

In Italia, dal 1969 al 1989, si contano seicentoventi rapimenti, centoquattordici dei quali in Calabria e circa novanta gestiti da calabresi legati alla 'ndrangheta nel resto d'Italia. Con i sequestri di persona entrano nelle casse della 'ndrangheta circa quattrocento miliardi di lire, equivalenti a circa duecento milioni di euro, molti dei quali investiti nel traffico di droga, il nuovo business che porta la 'ndrangheta a stringere rapporti con colombiani, turchi, messicani, afgani, libanesi.

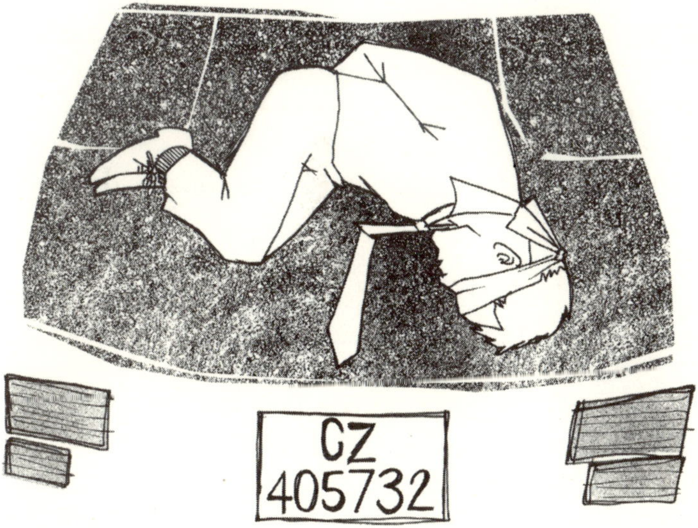

Sono questi i nuovi affari della 'ndrangheta. Dai furti di bestiame ai sequestri di persona. E da qui al commercio della droga.

Il porto di Gioia Tauro, in Calabria, diventa uno dei più importanti punti di transito della cocaina in Europa.

La storia giudiziaria racconta che nel 1996 un rappresentante della 'ndrangheta, arrivato a Milano per trattare con il proprietario di una importante azienda di trasporto merci, chiede un dollaro per ogni container che sbarca in Calabria. E per evitare equivoci sul ruolo della 'ndrangheta, si presenta così: «Noi siamo là, viviamo là. Abbiamo il passato, il presente, il futuro».

• Ma che faccia ha questa mafia così potente? Come si fa a riconoscerla per strada?

Occorre osservarla con attenzione perché la 'ndrangheta è una mafia che non mostra il proprio potere e la propria ricchezza.

Le famiglie più potenti vivono ancora in palazzine incompiute, con i ferri dell'armatura di cemento protesi verso il cielo come rami secchi.

In Calabria la presenza della 'ndrangheta si avverte nel silenzio, quasi come una nave ferma all'ancora in un porto avvolto da una fitta nebbia.

I boss hanno il volto delle persone comuni, vivono in mezzo alla gente. Un po' ci assomigliano. Non hanno più la coppola, né la lupara a tracolla. I loro figli sono medici, architetti, ingegneri, avvocati e lavorano negli ospedali e nella pubblica amministrazione.

LA VITA NEL CARCERE

C'è un periodo, nel 2008, in cui nel carcere di Milano Opera sono rinchiusi, contemporaneamente, ma in celle diverse, Totò Riina, boss di Cosa Nostra, Francesco Schiavone, esponente di punta dei Casalesi, e Roberto Pannunzi, broker della 'ndrangheta coinvolto nel traffico internazionale di droga. Un medico che li visita quotidianamente racconta che Totò Riina, tifoso dell'Inter, parla spesso di calcio; Schiavone intona stornellate napoletane e Pannunzi non parla quasi mai.
Come loro si comportano anche gli altri esponenti legati alle tre principali organizzazioni criminali. Quelli più riservati sono gli 'ndranghetisti.

LA CAMORRA

PICCOLI YUPPIE AL MACELLO

Che fosse autentico o contraffatto tutto quello che riuscivo a scorgere addosso a quel ragazzo morto era di marca. Qui vanno al macello i piccoli yuppie della Camorra.

Raffaele Cantone, uno dei magistrati
più esposti nella lotta contro la Camorra

• Che cos'è la Camorra?

Più che un'organizzazione criminale, la Camorra è un sistema, un modello di vita caratteristico della zona di Napoli. Le alleanze durano poco e i conflitti esplodono con frequenza. Si muore per nulla e la vita vale meno di niente.

Attorno alle bande camorriste ruotano migliaia di persone, gruppi di ragazzini o intere famiglie che, simili a piccole aziende, si procurano da vivere spacciando droga o vendendo sigarette di contrabbando.

Non c'è selezione fra chi aspira a farne parte.

Nella Camorra entra di tutto e non vengono richieste, come in Cosa Nostra o nella 'ndrangheta, caratteristiche particolari. In questo modo la Camorra riesce a trovare sempre e ovunque persone senza scrupoli disposte a spacciare, rubare e uccidere.

Piccoli "soldati" che non hanno nessun legame di sangue con gli altri camorristi e che non sono sempre fedeli.

Anche i boss della Camorra sono diversi. Così li descrive Nicola Quatrano, giudice del Tribunale di Napoli: «Me li sono visti sfilare davanti, i boss terribili della Malanapoli. Ma spesso deludono, perché ci si aspetta un Al Capone o un Liggio, e invece in tribunale vedi uno con la faccia da poveraccio, che farfuglia un italiano stentato e porta con sé convinzioni rurali e motivazioni misere. Sono straccioni, i boss di questa città. Straccioni e sanguinari. Sparano per logiche piccole. Non hanno grandi strategie. Ma stanno crescendo, lentamente, inesorabilmente. Non perché siano più forti o intelligenti di prima, ma per la mancata reazione della città, che non li ostacola e li tollera».

Una famiglia camorrista molto potente è quella dei Casalesi, originari di Casal di Principe, una cittadina in provincia di Caserta con poco più di ventimila abitanti.

Si tratta di una vera potenza economica e criminale, che riesce a imporsi anche in zone lontane dal proprio territorio.

Gli affari dei Casalesi riguardano interi settori produttivi, come l'edilizia, il calcestruzzo, i mercati ortofrutticoli, lo smaltimento dei rifiuti e delle sostanze tossiche. *Gomorra* è il libro con cui Roberto Saviano ha fatto conoscere al mondo questa potente organizzazione.

Oggi la Camorra vive soprattutto di droga. Scampia, un quartiere alla periferia nord di Napoli, è uno dei centri di spaccio più grandi d'Europa. La altre attività sono la contraffazione dei marchi, l'usura, lo sfruttamento degli immigrati e della prostituzione.

Ma i camorristi chiedono anche il pizzo. Ovvero il pagamento di una tassa fissa da parte dei commercianti e degli imprenditori. Il pizzo serve a controllare il territorio, ma anche a garantire il sostentamento alle famiglie dei carcerati.

• Dove nasce la Camorra?

A differenza della mafia siciliana, che si sviluppa nelle campagne, la Camorra ha origini cittadine.

A Napoli c'è un carcere vicino a Porta Capuana, all'interno di un vecchio castello, costruito da un re normanno intorno al 1160. Castel Capuano occupa tre livelli: al piano ammezzato i detenuti di origine nobile, al piano terra i delinquenti comuni e nei sotterranei gli elementi peggiori.

La Camorra nasce nella prima metà dell'Ottocento, in questo vecchio castello, abisso di tenebre e di pianti, regno di secondini corrotti che si limitano a sorvegliare il portone d'ingresso. Quello che avviene all'interno del carcere non interessa né alle guardie, né all'amministrazione carceraria.

C'è una specie di accordo: una ciurma di compagnoni si è assunta l'incarico di mantenere l'ordine in quel luogo difficile da controllare. E in cambio viene loro garantita la possibilità di taglieggiare la popolazione carceraria.

Violenti, testa rasata e ciuffo sulla fronte, impongono

anche dentro al carcere il loro modo di vivere di espedienti, replicando un vecchio sistema, già in uso in Spagna ai tempi di Miguel de Cervantes (1547-1616), autore del *Don Chisciotte della Mancia*.

Chiedono soldi con il pretesto di dover alimentare lo stoppino che illumina un'immagine della Madonna, molto venerata a Napoli. L'olio votivo giustifica ogni richiesta e induce i detenuti a vendersi i pochi stracci che, una o due volte all'anno, l'amministrazione del carcere fornisce loro per coprirsi o addirittura la razione quotidiana di cibo, un tozzo di pane e una sozza broda.

C'è un prezzo per ogni cosa: per fumare qualche cicca di tabacco, per bere un bicchiere d'Asprinio, vino bianco dell'agro aversano, per giocare a carte o alla morra, l'unica distrazione possibile.

Dalle carceri questo sistema di «protezione» simile a quello imposto in Sicilia ai produttori di limoni, si trasferisce nei bassi della città, dove i "compagnoni", antenati dei camorristi, vengono spesso utilizzati dai Borboni per mantenere l'ordine pubblico e tenere a bada le teste calde, nella più assoluta confusione di ruoli tra guardie e ladri.

Strutturata e suddivisa per territori, la Camorra comincia a farsi notare a metà dell'Ottocento, sulle orme di un'altra organizzazione chiamata "La Bella Società Riformata", che vive di prepotenze e intimidazioni. Di questa società, che di bello non ha proprio nulla, ci resta lo statuto, il cosiddetto "frieno" che elenca regole e sanzioni.

In origine, però, il termine camorra più che l'organizzazione definiva una delle attività maggiormente diffuse a Napoli: l'estorsione. Pagare la camorra significava pagare il pizzo. Per alcuni, il termine deriva da "capo della morra", un gioco molto popolare a Napoli. Per altri invece da "gamurra", una giacchetta particolare indossata per farsi riconoscere.

PANTALONI A CAMPANA E CAMUFFO

Di tutto per non passare inosservati. Gli 'ndranghetisti dell'Ottocento indossavano pantaloni a campana, a gamba larga, e attorno al collo portavano il camuffo, un foulard rosso, simile a quello che oggi utilizzano i boy scout, anche se di colore diverso.

IL PIZZO A NAPOLI NEL 1908

Si pagava la camorra sull'abbeveraggio dei cavalli nel fiume Sebeto, si pagava la camorra per depositare le ceste nel mercato della frutta, per far transitare vetture e carri dalle cinte daziarie all'interno della città, per estirpare e lavare la gramigna negli scoli delle acque del Fiumicello, per stendere sulla spiaggia le reti dei pescatori, per giuocare alle bocce nei viali delle Paludi, ed anche per declamare ai popolani, nelle ore di riposo ed in quel gergo caratteristico napoletano, le famose gesta di Rinaldo di Monzabano. Si pagava la camorra per depositare il pesce nella via Marinella ed esporlo in vendita, si dava in contanti od in genere una percentuale su tutti gli erbaggi che provenivano dalle vicine paludi, percentuale calcolata sulla misura di un asino, di un carro o di una cesta carica, e coloro che si assoggettavano a questa specie d'imposta, erano così abituati a tale onere, che quando cominciarono le prime avvisaglie dell'Autorità di Pubblica Sicurezza per eliminare questa estorsione continua e punire i colpevoli, essi quasi quasi si meravigliarono del contegno aggressivo degli agenti preposti a tale servizio, e pensarono che il Governo volesse evitare il pagamento tenue ai privati camorristi, per poi imporre un pagamento maggiore sotto forma di dazi, tasse, ecc. Questa convinzione, avvalorata dal succedersi di nuove ed indispensabili tasse governative ed imposte comunali, fomentata ad arte da coloro che esercitavano il lucroso e comodo mestiere di camorristi, formò il vero ostacolo per le prime lotte che si dovettero sostenere contro la camorra, non combattuta, ma sostenuta dagli stessi che ne subivano le tristi angherie.

Eugenio De Cosa, *Camorra e malavita a Napoli*, 1908

LA SACRA CORONA UNITA

• Che cos'è la Sacra Corona Unita?

È nota come la "quarta mafia", anche se non è l'unica organizzazione criminale che opera in Puglia. Sicuramente è la più numerosa e importante.

Si insedia nel Salento, il tacco d'Italia, in una zona che comprende l'intera provincia di Lecce, quasi tutta quella di Brindisi e parte di quella di Taranto. Non ha la storia di Cosa Nostra, né quella della 'ndrangheta o della Camorra.

La Sacra Corona Unita nasce fra gli anni Settanta e Ottanta, come organizzazione di autodifesa in carcere. I detenuti pugliesi, stanchi di subire la sopraffazione di 'ndranghetisti, mafiosi e camorristi, cominciano a compattarsi, a fare gruppo, in una alleanza che dà vita a un modello organizzativo che i detenuti pugliesi, una volta scontata la pena, portano con sé anche fuori dal carcere.

Inizialmente, la struttura della Sacra Corona Unita è gerarchica e piramidale, come quella della mafia siciliana, con i codici e le regole della 'ndrangheta. È però un modello che non funziona. È troppo difficile mettere d'accordo tutti i bulli che, nel frattempo, hanno visto crescere il proprio ruolo.

Nel 1984, in concorrenza con la Sacra Corona Unita nasce la "Famiglia Salentina Libera". Altri gruppi, come quelli di Foggia, Bari ("La Rosa") e Lecce ("Remo Lecce Libera"), rivendicano la loro autonomia. Si tenta di fondare una "Nuova Sacra Corona Unita" che comprenda tutte le altre. Ma il tentativo fallisce.

Anzi, nel Salento nascono altre organizzazioni criminali, come la "La Rosa dei Venti", e la "Nuova Famiglia Salentina".

Queste scissioni avvengono non per un chiaro progetto, ma per divisioni interne, gelosie, smania di potere e, quasi sempre, portano a guerre interminabili.

Come i galli che aspirano al comando nello stesso pollaio, tutti finiscono per azzuffarsi con tutti.

Così accade nel 1990, quando Giuseppe Rogoli, uno dei fondatori della Sacra Corona Unita, decide di trascorrere la detenzione nella stessa sezione del carcere assieme ai presunti assassini del fratello di Giovanni De Tommasi, uno dei suoi luogotenenti. Tanto basta a De Tommasi per dare origine alla "Rosa dei Venti", prendendo le distanze da Rogoli e dalla Sacra Corona Unita.

Negli ultimi dieci anni, a seguito di una efficace azione di contrasto, la Sacra Corona Unita subisce un forte ridimensionamento.

La strategica posizione geografica della Puglia continua a consentire alla Sacra Corona Unita di gestire lucrosi traffici di tabacco, droga e armi provenienti dal Medio Oriente e dai Balcani.

I BASILISCHI

• Che cosa sono i Basilischi?

La "quinta mafia" è quella dei Basilischi e degli altri clan che controllano la Basilicata.

Fino agli anni Ottanta la Basilicata sembra destinata a restare una terra povera ma felice. La sua povertà scoraggia gli interessi delle organizzazioni criminali.

I primi sintomi del contagio mafioso si avvertono dopo il terremoto del 1980, quando in Basilicata lo Stato stanzia ottomila miliardi di lire per la ricostruzione, scatenando interessi non sempre leciti e non tutti puliti.

Come gli avvoltoi che si cibano dei cadaveri, così arrivano gli uomini della 'ndrangheta, della Sacra Corona Unita e della Camorra. Per loro, quella tragedia (duemilanovecento morti e duecentottantamila sfollati), diventa solo un'occasione per guadagnare.

Nel 1994, dopo aver appreso metodi e mentalità dalle altre mafie, i Basilischi ottengono dalla 'ndrangheta il permesso di continuare da soli. Grandi e piccoli delinquenti lucani vengono così affiliati all'organizzazione che, come tutte le mafie, si dà regole e rituali con l'obiettivo di controllare tutte le attività illegali della regione. I Basilischi si specializzano in estorsioni, ma si occupano anche di rapine e traffico di armi e droga.

Nel 1999 decine di affiliati alla mafia lucana vengono arrestati e condannati. Oggi i Basilischi non hanno più la forza degli anni Novanta.

COME IN UN FILM

I Basilischi prendono il nome dal titolo di un film del 1963 diretto da Lina Wertmüller, regista di origine lucana. Sebbene la trama rappresenti aspetti sociali diversi da quelli criminali, per la forte caratterizzazione territoriale finisce per dare il nome anche alla mafia lucana.

LE ORGANIZZAZIONI MAFIOSE NEL MONDO

Mafia è la parola italiana più conosciuta nel mondo.

Oggi non definisce solo le organizzazioni criminali italiane, ma anche quelle di molti altri Paesi. Tra le più importanti vi sono certamente: Cosa Nostra americana, le Triadi cinesi, la Yakuza giapponese, i *Vory v Zakone* dell'ex Unione Sovietica, i cartelli colombiani e messicani, la mafia nigeriana, la mafia albanese, le bande di motociclisti e la mafia turca.

• Cosa Nostra americana

Si chiama Cosa Nostra, opera negli Stati Uniti e, pur avendo origini comuni, è diversa dalla mafia siciliana.

Arriva in America sul finire dell'Ottocento seguendo le "rotte della speranza", quelle che portano oltreoceano milioni di emigranti. A New Orleans, assieme a tanti italiani onesti, giungono anche famiglie mafiose, come

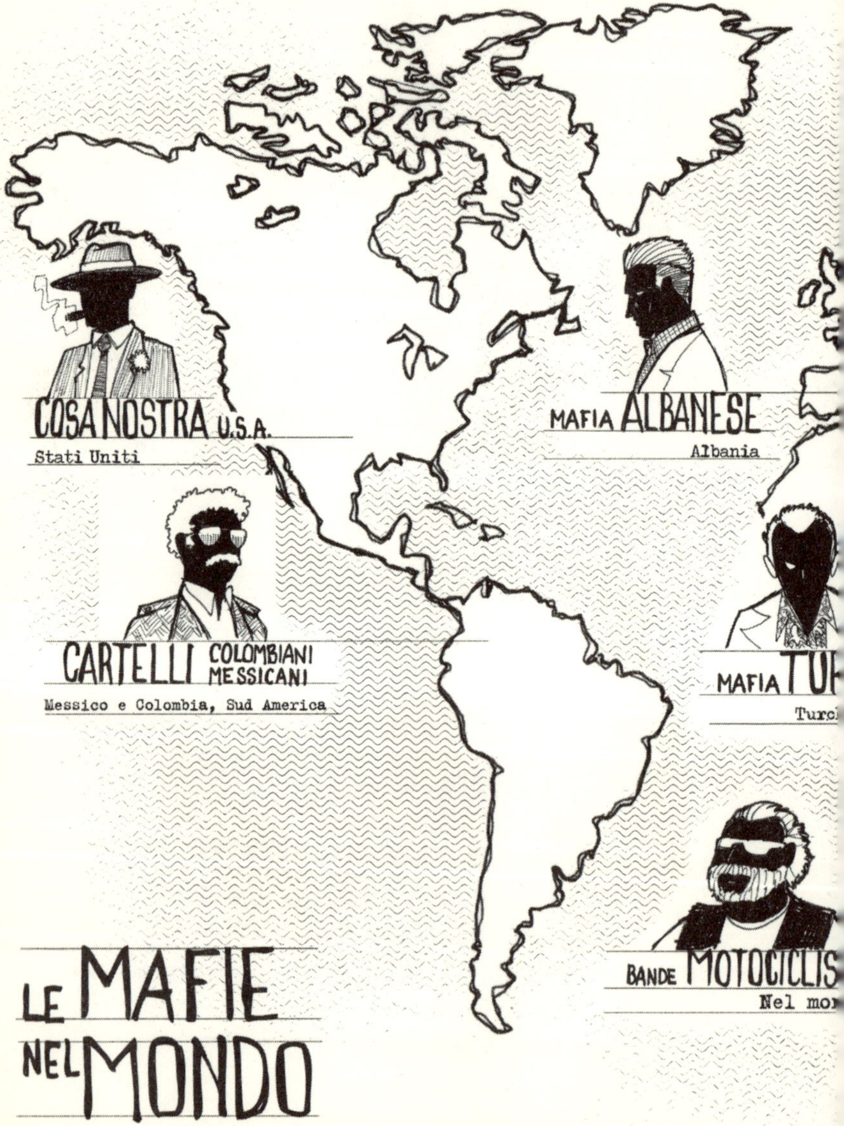
COSA NOSTRA U.S.A.
Stati Uniti
MAFIA ALBANESE
Albania
CARTELLI COLOMBIANI MESSICANI
Messico e Colombia, Sud America
MAFIA TU
Turc
BANDE MOTOCICLIS
Nel mo
LE MAFIE NEL MONDO

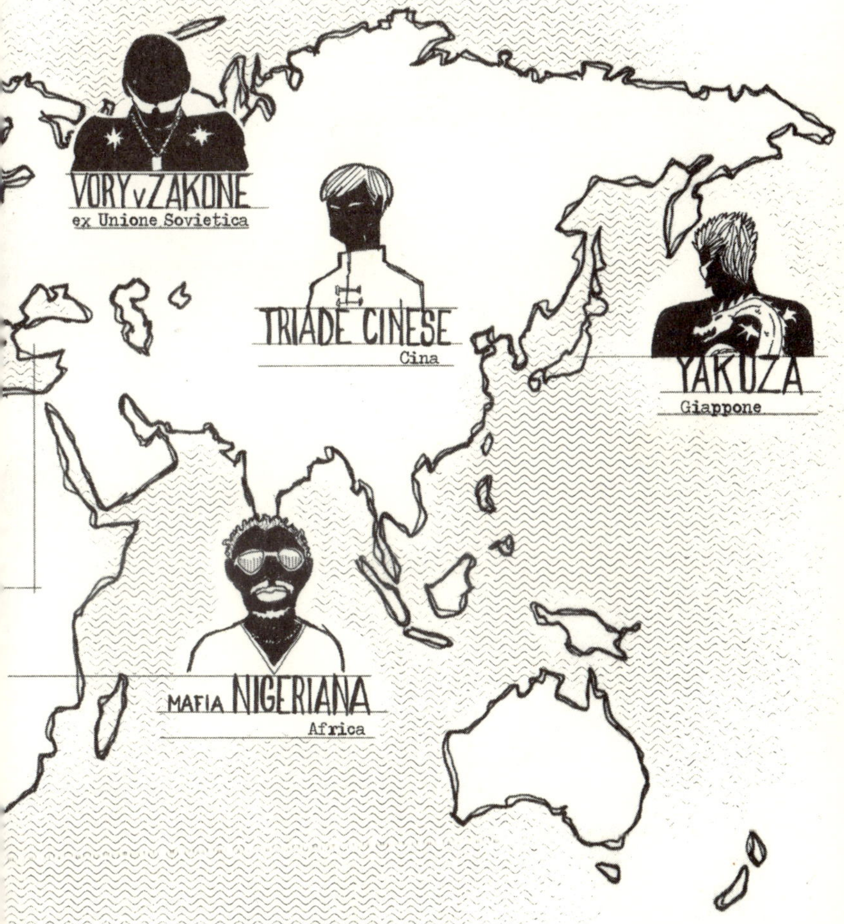
VORY v ZAKONE
ex Unione Sovietica
TRIADE CINESE
Cina
YAKUZA
Giappone
MAFIA NIGERIANA
Africa

i Matranga e i Provenzano, entrambe coinvolte nei traffici del settore degli agrumi.

Proprio per il controllo del mercato ortofrutticolo queste famiglie entrano in contrasto.

Dagli agrumi si passa presto alle pallottole.

In due anni a New Orleans si contano quaranta omicidi causati dalle guerre tra le due famiglie. Nel 1890 viene ucciso anche il capo della polizia, Davide Hennessy e in carcere finiscono in undici, di cui nove siciliani.

Vengono processati e assolti.

Non ci sono prove.

Migliaia di persone decidono così di farsi giustizia con le proprie mani, entrano nel carcere dove sono ancora rinchiusi gli italiani e li linciano.

Da New Orleans, Cosa Nostra si diffonde in molte altre città americane. Soprattutto a New York e Chicago dove inizialmente si arricchisce con il pizzo estorto ad altri italiani nelle varie Little Italy.

Ma la definitiva affermazione di Cosa Nostra americana avviene con il proibizionismo, entrato in vigore nel 1919. Stabilisce il divieto di produzione, vendita e importazione di prodotti alcolici.

Molti clan guidati da italiani cominciano a fare concorrenza a ebrei e irlandesi, vendendo liquori clandestinamente.

Il whisky più ricercato è quello scozzese. Sulle spiagge americane ai contrabbandieri costa due dollari al litro. I clienti lo pagano trenta. Ma c'è chi il whisky lo fa in casa con etichette originali stampate in tipografie clandestine.

Poi arriva la droga.

Negli anni Trenta, per evitare guerre intestine, come quelle tra i Matranga e i Provenzano a New Orleans, ma soprattutto tra alcune famiglie originarie di Castellammare del Golfo, a New York si crea una "commissione" che stabilisce un importante accordo: «Mai più guerre tra di noi, solo affari».

A farne inizialmente parte sono cinque famiglie: Genovese, Bonanno, Lucchese, Colombo e Gambino. Poi il gruppo si allarga fino a comprenderne circa trenta, due delle quali residenti in Canada.

Come la mafia siciliana, Cosa Nostra americana ha un boss a capo della famiglia, affiancato da un vice e da uno o più consiglieri. I "capidecina", detti anche "capiregime", coordinano l'attività di dieci o più picciotti, detti anche "soldati".

Diversamente da Cosa Nostra siciliana, quella americana accetta anche non siciliani. È così che si spiega la presenza di boss come Albert Anastasia e Frank Costello, entrambi di origine calabrese, o come Vito Genovese e John Gotti, figli di immigrati campani.

Durante la Seconda Guerra Mondiale, molti mafiosi, in carcere con lunghe pene detentive, vengono rispediti in Italia e utilizzati dalle autorità americane come elementi di contatto con la mafia siciliana per organizzare lo sbarco in Sicilia.

Alla fine del conflitto alcuni mafiosi siciliani, come Calogero Vizzini e Giuseppe Genco Russo, vengono nominati sindaci dei loro paesi per i servizi prestati agli americani.

Oggi, negli Stati Uniti, Cosa Nostra è meno arrogante. Joseph Massino, il boss della famiglia Bonanno, per non finire sulla sedia elettrica collabora con la giustizia, come ai tempi di Joe Valachi, picciotto della famiglia Genovese che per primo, negli anni Sessanta, ha confermato alle autorità americane l'esistenza di Cosa Nostra negli U.S.A.

Seppure indebolita dalle numerose inchieste, Cosa Nostra continua a gestire ogni tipo di attività, dallo spaccio di droga all'estorsione, dalla prostituzione all'usura e condiziona pesantemente settori economici come quelli del trasporto su gomma, delle costruzioni, della raccolta dei rifiuti, della ristorazione e della distribuzione alimentare.

Restano forti anche i legami con la mafia siciliana, come documenta un'operazione della polizia che nel 2005 sventa il tentativo di una famiglia canadese, legata a Cosa Nostra americana, di investire cinque miliardi di euro nel progetto di costruzione del ponte sullo Stretto di Messina.

«Sappiamo come fare» dice un ingegnere canadese amico dei mafiosi, intercettato dalla polizia. «Basta accontentare sia la 'ndrangheta che la mafia siciliana».

Successive inchieste portano all'arresto di altri mafiosi che tra le due sponde dell'Oceano cercano di organizzare imponenti traffici di droga.

• Le Triadi cinesi

Le Triadi sono organizzazioni criminali di origine cinese. Il nome fa riferimento a tre concetti base del pensiero cinese tradizionale legati ad altrettanti elementi: cielo, terra e uomo. Sono sparse in quasi tutto il mondo, ma non hanno un organismo di raccordo, di vertice, come Cosa Nostra; non hanno un capo che controlla tutto e tutti.

Ogni organizzazione ha il suo boss chiamato *Testa del Drago* o *Signore della Montagna*.

È affiancato da tre figure: il vice capo, detto *Maestro d'Incenso*, responsabile del cerimoniale; il *Garante delle Alleanze* che ha funzioni diplomatiche e si occupa dei rapporti con altre organizzazioni e altri poteri; il *Guardiano del Vento*, che gestisce la sicurezza e la sorveglianza all'interno del gruppo.

Altre figure completano la struttura delle Triadi: il *Ventaglio di Carta Bianca* si occupa delle finanze, il *Sandalo di Paglia* tiene informati tutti gli aderenti al gruppo e il *Guerriero del Polo Rosso* è responsabile del settore militare e amministra la giustizia interna.

Infine ci sono i soldati, l'equivalente dei picciotti siciliani o calabresi.

Oggi la struttura è più elastica e si fonda sul rapporto tra *Dao-Lo* (fratello maggiore) e *Sai-Lo* (fratello minore). I fratelli maggiori garantiscono protezione, lavoro e consigli ai fratelli minori, ai quali, in cambio, chiedono lealtà, impegno e denaro (frutto delle attività criminali). I fratelli minori comandano sui soldati, noti come *ma-jai* (piccoli cavalli).

Anche nel caso delle Triadi l'affiliazione, ovvero l'ingresso di un nuovo membro, prevede un giuramento, basato sulla fedeltà e sul rispetto del silenzio.

Ma per capire meglio le caratteristiche delle Triadi, bisogna fare un salto indietro nel tempo.

La prima Triade viene fondata da un gruppo di monaci buddisti che combattono gli invasori mancesi Qing, giunti dalla Manciuria. Per resistere ai mancesi che avevano rovesciato la dinastia cinese dei Ming, i monaci si riuniscono in un monastero, nella provincia di Henan, dove insegnano il kung-fu, una tecnica di combattimento a mani nude.

Ma solo cinque monaci, secondo la leggenda, sopravvivono alla distruzione del monastero da parte dell'esercito mancese. A questo piccolo gruppo di monaci si deve la diffusione delle Triadi, prima nel Guandong, provincia della Cina meridionale e poi nel resto del mondo.

Oggi la base delle principali Triadi è ad Hong Kong, ma ve ne sono anche in Taiwan, Macao, Cina e nelle China Town dell'Europa, del Nord America, del Sud Africa, dell'Australia e della Nuova Zelanda. I gruppi attivi a Hong Kong sono circa sessanta e i più importanti sono Sun Yee On, Wo Shing Wo e 14K. Traffico di droga, contrabbando di tabacchi, riciclaggio di denaro, gioco d'azzardo, prostituzione, furto d'auto, contraffazione di programmi per computer e prodotti multimediali (CD musicali e film in VCD e DVD) sono le loro attività illecite.

Anche le Triadi chiedono il pizzo. Lo chiamano "la busta rossa per il tè" e quando si presentano dal commerciante o dall'imprenditore, appoggiano sul tavolo la mano con il pollice, l'indice e il mignolo tesi e il medio e l'anulare ripiegati.

Nella crescita delle organizzazioni criminali cinesi l'eroina, detta China White, ha avuto un effetto analogo a quello del proibizionismo per Cosa Nostra americana.

Le Triadi sono esotiche, ma ci riguardano molto da vicino, perché sono attive anche in Italia, soprattutto in Toscana (i primi casi si registrano nella zona di Prato), Lazio, Emilia Romagna e Lombardia.

Non si tratta di un'unica organizzazione criminale, ma di numerosi gruppi delinquenziali composti da cinesi provenienti dalla stessa città o dalla stessa zona. Anche in Italia, come in altri Paesi europei e nordamericani, all'inizio si dedicano alle loro storiche attività: estorsioni, immigrazione clandestina e falsificazione di documenti, ma poi cominciano a occuparsi anche di contraffazione e commercializzazione di prodotti di ogni genere, contrabbando di sigarette, sfruttamento della prostituzione, gestione di manodopera in nero, sequestri di persona e riciclaggio di denaro.

Come le mafie italiane, per raggiungere i loro obiettivi, le Triadi praticano la regola del silenzio, esercitano il controllo del territorio, ricorrono alle intimidazioni e, quando occorre, fanno uso della violenza.

Investono ingenti somme di denaro nel settore immobiliare sia in Cina che in Italia. Con le mafie italiane non ci sono mai stati scontri, ma solo rapporti d'affari. Con la Camorra hanno sviluppato forti e pericolose sinergie, soprattutto nel settore della contraffazione di marchi italiani.

• La Yakuza

La Yakuza è giapponese ed è una delle mafie con il maggior numero di affiliati al mondo. Sono più di centomila e operano negli Usa (California e Hawaii) nell'America del Sud, in Europa, nelle Filippine, nel Sud-Est asiatico e in Australia (Queensland).

Non ci sono invece tracce della Yakuza in Italia.

È una mafia unica nel suo genere.

Rispetto alle altre, la Yakuza non si è mai dovuta nascondere. Prima del 1991, anno in cui diventa illegale, i suoi affiliati si presentano con biglietti da visita con l'emblema a sbalzo che identifica il gruppo di appartenenza e il grado ricoperto nell'organizzazione, come funzionari o impiegati di una qualsiasi azienda. Anche le sedi della Yakuza fanno sfoggio di insegne con tanto di simbolo.

Negli anni Ottanta, due bande rivali convocano addirittura una conferenza stampa per annunciare la fine di una sanguinosa guerra e chiedere scusa alla popolazione per il disturbo arrecato.

Nel tempo la Yakuza diventa più guardinga e ricorre a uffici di copertura, per lo più società commerciali, per camuffare le sue attività illecite.

Oggi traffica in droga, soprattutto anfetamine (sostanze stimolanti), gestisce attività criminali molto redditizie, come la prostituzione, l'estorsione, l'usura, il gioco d'azzardo e il commercio di materiale pornografico. In Giappone controlla inoltre settori dell'edilizia, dello sport, del divertimento, della finanza e ha rapporti con la politica.

La struttura della Yakuza si fonda sul rapporto tra *oyabun*, padre, e *kobun*, figlio. È un rapporto di forte sudditanza.

Nel rito di iniziazione che segna l'ingresso nella Yakuza, il *wakai shu* (soldato) beve il sakè (tradizionale bevanda alcolica ottenuta dalla fermentazione del riso) dalla tazza del *wakato* (boss) e giura di essere fedele alla *ikka* o *gumi* (famiglia mafiosa).

La Yakuza ha regole ferree che si rifanno al codice segreto dei samurai.

Come quella del silenzio: «La cosa essenziale nel parlare è quella di non parlare affatto».

E della fedeltà che «è scritta nel cuore, prima ancora che nei codici».

Le sue origini risalgono al Settecento. Gli antenati erano giocatori d'azzardo (*bakuto*) e venditori-truffatori ambulanti (*tekija*). Il termine deriva infatti dalla sequenza di tre numeri (8-9-3, *ya-ku-za*, in giapponese) che costituiscono il punteggio più basso, in un gioco di carte chiamato *Hanafuda* (Gioco dei Fiori).

Secondo la leggenda, invece, la Yakuza risale alla prima metà del Seicento, quando i *machi-yakko* (servitori del popolo), si organizzano per contrastare i *ronin*, samurai senza più padroni che saccheggiano i villaggi e terrorizzano gli abitanti.

In origine gli affiliati della Yakuza vengono reclutati nei ceti più bassi della società, come le minoranze coreane e i *burakumin*, lavoratori della macellazione o della concia delle pelli, considerati "impuri" per motivi religiosi o culturali.

Ai *bakuto*, gli antichi giocatori d'azzardo, antenati della Yakuza, si deve la tradizione dei tatuaggi, distribuiti su tutto il corpo, come segno di appartenenza alla *ikka*, ma anche quella dello *yubitsume*, un rito che consiste nel taglio della falange del dito mignolo come gesto riparatore per aver commesso un errore. Una severa autopunizione che un tempo comprometteva l'abilità nell'uso della spada, impedendo ai *bakuto* di impugnarla con la stessa fermezza di prima.

I VIOLENTI

La Yakuza è nota anche come *Boryukudan* che in giapponese significa "violenti".

• I Vory v Zakone

La mafia russa è costituita da una miriade di gruppi criminali, di diversa origine e non necessariamente collegati tra loro. Molti si compongono e scompongono con grande rapidità in bande prive di precise regole organizzative. Nell'insieme costituiscono una multinazionale miliardaria continuamente alla ricerca di settori puliti nei quali investire la propria impressionante liquidità.

Un ruolo importante è occupato dai *Vory v Zakone*, organizzazione con caratteristiche simili al modello mafioso occidentale. Sono ceceni, georgiani, russi e sono pericolosi. Si tratta di ladri che obbediscono a un codice, risalente al mondo dei gulag, i lager in cui venivano rinchiusi i detenuti criminali e politici dell'ex Unione Sovietica.

Di loro non c'è traccia prima della rivoluzione bolscevica. Si comincia a parlarne negli anni Trenta del secolo scorso quando entrano in contatto con alcune frange della dissidenza politica. Di ladri, invece, la Russia è piena già ai tempi di Pietro il Grande (1695-1725), quando nella sola Mosca se ne contano trentamila, ma non sono ancora organizzati. Nella seconda metà del Settecento, i ladri ricorrono a soprannomi, comunicano attraverso un gergo, detto *fenia,* e gettano le basi per la nascita delle prime bande. Dopo la rivoluzione del 1917, conclusa con la caduta dello zarismo, i nemici del nuovo ordine cercano di utilizzare i criminali per scopi politici. Si formano così bande giovanili, composte da dissidenti politici e criminali, che si caratterizzano per comportamenti violenti e antisociali. Non lavorano, negano la famiglia, rifiutano l'arruolamento nell'esercito e non riconoscono l'autorità dello Stato, non si rivolgono alla polizia né per testimoniare, né per denunciare un torto subito. La convivenza tra queste due componenti si rivela difficile. I dissidenti politici aspirano a ottenere un riconoscimento sociale mentre gli altri cercano di mantenere la loro natura criminale. Presto abbandonano queste bande e, separati dai dissidenti politici, formano una nuova organizzazione da cui hanno origine i *Vory v Zakone.*

Si dotano di una cassa mutua (*obshchak*) per assistere gli affiliati in difficoltà e si danno un codice (*Vorovskoi Zakon*). Uno dei principi fondamentali è la riservatezza. Per i *Vory* «solo il silenzio è grande, tutto il resto è debolezza». Tengono conto anche del consenso sociale: «Non è il crimine la nostra forza, ma il bene che la gente ci vuole».

Molti *Vory* ancora oggi hanno soprannomi e, per comunicare tra di loro e con gli altri affiliati, utilizzano un gergo che comprende oltre diecimila parole. Solo alcuni continuano a usare i tatuaggi che, da sempre, costituiscono una delle caratteristiche principali dei *Vory* e dei loro sottoposti; una sorta di carta di identità, quasi medaglie conquistate sul campo, segni che compaiono sul corpo dei criminali dopo una condanna e mai prima. A rappresentare il rango dei *Vory* sono due stelle a otto punte tatuate sulle clavicole.

Dopo il crollo dell'ex Unione Sovietica, molti clan si arricchiscono, acquistando beni messi in vendita dallo Stato.

Si calcola che a Mosca la grande maggioranza delle imprese commerciali sia gestita, direttamente o indirettamente, da gruppi criminali. Non si può aprire un negozio senza rendere conto ai boss che ormai controllano tutto, dagli alberghi alle imprese edilizie, dalle banche alle assicurazioni. Riescono persino a eleggere propri rappresentanti nelle amministrazioni comunali e in Parlamento.

Tra le loro principali attività vi sono il traffico internazionale di armi, droga, tabacchi e materiale strategico, acquisito in seguito al processo di smilitarizzazione di strutture statali.

In Italia, la mafia russa si caratterizza subito per la rilevante disponibilità finanziaria e per la relativa giovane età dei suoi affiliati.

I russi acquistano strutture turistico-alberghiere, aziende agricole, industrie produttrici di oggetti di largo consumo (scarpe, vestiti, elettrodomestici, ecc.) e gestiscono ditte di import-export.

La presenza di questi criminali provenienti dall'ex Unione Sovietica viene ormai registrata in molte regioni italiane, fra cui Lombardia (Milano), Lazio (Roma), Toscana (Firenze), Emilia Romagna (Modena, Bologna e Rimini), Piemonte, Veneto (Verona), Friuli Venezia Giulia, Marche (Ancona), Campania (Napoli e Caserta).

• I cartelli colombiani

Si tratta di unioni di famiglie residenti in una stessa area geografica che gestiscono l'intero ciclo produttivo della cocaina come una sorta di "catena di montaggio": dalla produzione al traffico internazionale. Da questa attività traggono potere e grandi guadagni.

È stata la Drug Enforcement Administration (DEA), l'antidroga americana, per la prima volta, negli anni Ottanta, a definirli "cartelli".

Fino a poco tempo fa, i cartelli più importanti operavano nella zona di Medellín e di Cali. Erano potentissimi, ma soprattutto riuscivano a infiltrarsi nella politica, nelle forze dell'ordine, nelle forze armate, nelle banche, nel turismo e perfino nelle attività sportive, soprattutto nel calcio.

Oggi i vecchi cartelli non esistono più. Sono stati spazzati via da decine di arresti e sostituiti da organizzazioni molto più piccole che producono ed esportano cocaina.

Restano un'esperienza unica. A differenza delle altre organizzazioni criminali che tendono a diversificare le proprie attività, i cartelli colombiani continuano a occuparsi solo ed esclusivamente di droga.

Con la cocaina si finanziano anche organizzazioni terroristiche, come le Águilas Negras, le FARC (Fuerzas Armadas Revolucionarias de Colombia) e l'ELN (Ejército de Liberación Nacional).

Pur mantenendo la propria attività di "produttori", i cartelli colombiani acquistano droga, prodotta e raffinata, anche in altri Paesi come l'Ecuador, la Bolivia, il Perù, il Venezuela, il Brasile e l'Argentina, e ne investono gli enormi ricavi in attività produttive e immobiliari in molti Paesi dell'Unione Europea. In Italia, i cartelli colombiani della droga utilizzano la 'ndrangheta come principale partner.

• I cartelli messicani

I cartelli messicani controllano il 90% della distribuzione di cocaina negli Stati Uniti, il più grande mercato del mondo. I più importanti sono il cartello di Juárez, i Los Beltrán Leyva, i Los Zetas, il cartello di Tijuana, il cartello del Golfo, la Familia Michoacana e il cartello di Sinaloa.

I messicani cominciano a lavorare come corrieri per conto dei cartelli colombiani che li chiamano "muli", bestie da soma, perché li usano per trasportare carichi di cocaina, attraverso quella lunga striscia di terra che separa il Messico dal "Grande Mercato", che è l'America.

Poi prendono in mano la distribuzione e danno vita a una "Federazione" che raggruppa e rappresenta tutti i clan messicani. Con i soldi arrivano anche le rivalità, le lotte per il controllo delle principali rotte del narcotraffico.

Oggi è guerra totale. Tutti contro tutti. Una guerra che negli ultimi due anni provoca più di diecimila morti.

I cartelli messicani hanno molti aspetti in comune con le organizzazioni mafiose italiane. Con le stesse modalità di Cosa Nostra, 'ndrangheta e Camorra, controllano il territorio attraverso l'imposizione a tappeto del pizzo, condizionano la politica e i partiti e stabiliscono legami con il mondo delle imprese e delle banche.

Al pari delle mafie italiane, si propongono come società onorate, composte da "uomini di valore" e utilizzano melodie come i canti di malavita della 'ndrangheta e della Camorra per esaltare il potere violento e machista del boss, il disprezzo per il tradimento e il rifiuto dello Stato.

La violenza è uno dei tratti principali dei cartelli messicani. *Por la plata lo que sea*, per il denaro qualunque cosa.

Dopo il mercato americano puntano a quello europeo, dove il consumo di cocaina è in crescita e dove possono contare sulla collaborazione della 'ndrangheta, della mafia serba e di quella russa.

TUTTI CONTRO TUTTI

Il cartello di Sinaloa, quello meno colpito dalle operazioni di polizia, contro quello del Golfo, di Juárez, di Tijuana e i Los Zetas. Il cartello di Tijuana contro quello di Sinaloa e di Juárez. Il cartello del Golfo contro quello di Sinaloa e contro la Familia Michoacana. La Familia Michoacana contro i Los Zetas e contro il cartello del Golfo. Il cartello di Juárez contro quelli di Tijuana e Sinaloa. I Los Zetas contro il cartello di Sinaloa e la famiglia Michoacana.

• La mafia nigeriana

È composta da temibili organizzazioni criminali, circa quattrocento, divise per tribù ed etnie, che gestiscono prostituzione e droga.

Le ragazze nigeriane, principali vittime di questo turpe mercato, vengono ridotte in schiavitù e terrorizzate con riti magico-tribali, detti *woodoo*. Lo sfruttamento è gestito da donne chiamate in gergo *maman*.

In Italia le organizzazioni criminali nigeriane hanno legami prevalentemente con la Camorra, alla quale pagano un "affitto" mensile per l'utilizzo del suolo, delle strade, del territorio sul quale le ragazze si prostituiscono.

Un'altra redditizia attività della mafia nigeriana è il traffico di cocaina, eroina, cannabis e droghe sintetiche.

La Nigeria è lo stato dal quale transita la maggior parte della droga poi venduta in altri paesi. È come un enorme porto: la droga arriva dal Brasile, dalla Colombia, dal Pakistan e dalla Thailandia e da qui riparte verso l'Europa e gli Stati Uniti.

Per evitare i controlli delle dogane e delle polizie, la droga viene spesso affidata a persone estranee alle organizzazioni criminali o a donne con regolare permesso di soggiorno, veri e propri corrieri ovvero "postini della droga" che cercano di portare le sostanze stupefacenti fuori dalla Nigeria, eludendo i controlli delle forze dell'ordine.

• La mafia albanese

"Mafia albanese" indica un gruppo di organizzazioni criminali attive in Albania o composte da persone di etnia albanese. Non hanno un vertice come Cosa Nostra, ma sono strutturate in tanti clan o *fis*, famiglie allargate, in cui il potere del capofamiglia è enorme.

Le loro attività, in Europa e negli Stati Uniti, sono principalmente legate al traffico di clandestini, alla prostituzione, al commercio della droga e delle armi, alle rapine in villa e al furto di auto di grossa cilindrata.

I criminali albanesi si ispirano a un sistema di regole che non è più in vigore. Si tratta del *Kanun*, la legge della Montagna che dal 1400 rappresenta una sorta di «codice d'onore» e garantisce agli uomini il controllo assoluto sulle donne.

L'unione tra i componenti di un gruppo criminale è stabilita dalla *Besa*, che per gli albanesi, detti anche *schipetari*, è un patto di sangue, un impegno al quale non si può venir meno.

La mafia albanese ha qualcosa in comune con la 'ndrangheta. Come nella 'ndrangheta, infatti, il sangue nella famiglia mafiosa coincide con quello della famiglia biologica; è il veicolo che unisce chi lo condivide e su cui si fonda la consanguineità. E per gli albanesi della Montagna, come recita il *Kanun*, "la catena del sangue e dei gradi di parentela si prolunga all'infinito".

La mafia albanese inizialmente stabilisce rapporti con

la Sacra Corona Unita in Puglia. Successivamente allarga la rete di relazioni con le altre mafie italiane.

I soldi ricavati dai vari traffici vengono spesso investiti in Albania e nel Kosovo nell'acquisto di proprietà immobiliari e attività commerciali.

• Le bande dei motociclisti

Le bande di motociclisti nascono negli Stati Uniti, ma presto si diffondono in quasi tutto il mondo, con presenze recenti anche in Italia.

Le più importanti sono gli Hells Angels, gli Outlaw e i Bandidos. Gli Hells, definiti gli "angeli più ricchi della Terra", hanno più di cento "filiali" sparse in Europa, Nord e Sud America.

Come la giapponese Yakuza, le bande di motociclisti, non nascondono la loro appartenenza, anzi ci tengono a esibirla. Cavalcano potenti moto e indossano giubbotti con le insegne del gruppo sulle spalle e altri simboli sulle stesse moto, presentandosi come una sorta di criminali in uniforme.

Oggi queste caratteristiche stanno cambiando e sono sempre più numerose le bande di motociclisti che, invece del giubbotto con il teschio alato o con il sombrero, girano in doppiopetto.

Non mancano però le gerarchie, anche se spesso hanno un valore solo formale. Le bande di motociclisti sono organizzazioni di soli uomini; analogamente a quanto accade nelle mafie italiane, le donne non vengono ammesse formalmente nel gruppo, né giurano fedeltà.

Le principali attività di queste bande sono lo sfruttamento della prostituzione, il controllo dei night club, ma soprattutto lo spaccio di droga.

• La mafia turca

La mafia turca consiste in una miriade di gruppi autonomi che gestiscono gran parte del traffico di morfina ed eroina diretto in Europa. La Turchia gode di una favorevole posizione geografica, essendo vicina ai Paesi produttori di oppio, come Iran, Pakistan e Afghanistan. Dalla lavorazione dell'oppio si ottengono infatti eroina e morfina.

I clan turchi seguono una struttura organizzativa di tipo familiare, come la 'ndrangheta e i clan albanesi.

In Turchia, il traffico di droga contribuisce a finanziare anche organizzazioni terroristiche come il Pkk, il partito separatista curdo e i Lupi grigi, questi ultimi noti per aver attentato alla vita di Giovanni Paolo II.

I legami tra le organizzazioni terroristiche e quelle mafiose seguono un meccanismo simile al vecchio gioco con le figurine. Una forma di baratto: droga in cambio di armi.

Da alcune indagini sono emersi rapporti tra Cosa Nostra e terroristi turchi, tra Camorra e cellule del terrorismo basco e tra 'ndrangheta e terroristi irlandesi, colombiani, afgani e libanesi.

Le organizzazioni mafiose stringono relazioni di collaborazione criminale con altre, diverse per tradizione e storia, ma con le quali scambiano competenze ed esperienze funzionali alla gestione di attività sempre più complesse, come il riciclaggio di denaro, il traffico di droga e di armi.

Un modello di collaborazione iniziato in Nord America, dove l'inglese è lingua franca anche per i criminali.

LA LOTTA ALLA MAFIA

Giovanni Falcone - Paolo Borsellino
Carlo Alberto Dalla Chiesa
Antonino Scopelliti - Giuseppe Letizia
Rocco Gatto - Peppino Impastato
Graziella Campagna - don Pino Puglisi
don Peppe Diana - Giuseppe Di Matteo

• Due uomini coraggiosi contro il mostro

Giovanni e Paolo vivevano su una grande isola al centro del Mediterraneo che aveva tutto per poter essere felice: il sole, il mare e mille colori come il giallo dello sparto e della ginestra, il rosa del rododendro, dei grappoli delle tamerici, il verde dei carrubi. Ma qualcosa rubava i sogni, i sorrisi, le speranze e rendeva triste la gente. Si diceva che fosse un mostro, ma aveva sembianze umane e si confondeva tra la gente. Amava il silenzio. Più gente zittiva, più si sentiva forte. Pochi avevano il coraggio di sfidarlo, molti piegavano la testa e la maschera di cera, dietro cui si nascondevano.
Quando cominciarono a frequentarsi, Giovanni e Paolo scoprirono di avere molte cose in comune. Entrambi odiavano il silenzio e non sopportavano l'odore del sangue che scorreva in rigagnoli e che poi stagnava nelle piccole pozze attorno ai tanti cadaveri vittime del mostro.
Stanchi di subire, con l'aiuto di altri uomini coraggiosi, cominciarono a dare la caccia al mostro. Dopo mesi di apposta-

menti, lo avevano quasi stanato. Ma quando finalmente stavano per catturarlo, accadde l'inimmaginabile.
Qualcuno, che avrebbe dovuto aiutarli, li tradì. Giovanni e Paolo vennero uccisi con straordinaria ferocia. Ma la morte di quei due uomini coraggiosi non fu accompagnata dal silenzio. Non quella volta.
Molti gettarono la maschera e cominciarono a protestare, a ribellarsi. Come non era mai successo. Alcuni in modo silenzioso, esponendo lenzuoli bianchi ai balconi e alle finestre di casa, altri gridando per far sentire il dolore, la rabbia, l'indignazione oltre i confini di quella grande isola al centro del Mediterraneo.
Qualcuno scrisse: «Non li avete uccisi, le loro idee camminano sulle nostre gambe».
Se oggi quel mostro fa meno paura lo dobbiamo al coraggio di Giovanni e di Paolo che, con il loro lavoro, hanno rappresentato un ideale spartiacque fra quanti il mostro l'hanno combattuto davvero e quanti l'hanno soltanto subito.

• Giovanni Falcone

Giovanni Falcone nasce a Palermo nel 1935, ultimo di tre figli, in una famiglia né ricca, né povera. Il padre, Arturo, è direttore del Laboratorio provinciale di igiene e profilassi, la madre, Luisa Bentivegna, casalinga. Alle elementari fatica a stare seduto per tutto l'orario delle lezioni e, nel tempo libero, gioca a ping pong nell'oratorio di padre Giacinto alla Kalsa, il quartiere che lo vede crescere. Dopo il liceo classico, frequenta per pochi mesi l'Accademia navale. Poi passa a Giurisprudenza, dove si laurea con il massimo dei voti. Nel 1964 vince il concorso in magistratura. È pretore a Lentini e sostituto procuratore a Trapani. Quando arriva a Palermo, la mafia ha appena ucciso Cesare Terranova, un magistrato che, a metà degli anni Settanta, descrive la mafia come un fenomeno dannoso per le «sottili infiltrazioni nella vita pubblica ed economica». In quegli anni, negli uffici giudiziari di Palermo ci sono anche magistrati timorosi e prudenti e le condanne all'ergastolo, più che ai mafiosi, vengono riservate ai relitti umani che trascinano la loro vita ai margini della città. I collaboratori di giustizia ancora non esistono. Le deposizioni dei testimoni sono caratterizzate da reticenze e paure. Molti delitti restano a carico di ignoti. E un giudice come Cesare Terranova diventa una persona ingombrante con il destino segnato. Come segnato è il destino di Rocco Chinnici, il magistrato che nel 1980 affida a Falcone l'incarico di indagare su un mafioso che ha contatti con gli Stati Uniti. Giovanni Falcone comincia a seguire i soldi, gli assegni che si spostano da una banca all'altra e che i boss utilizzano per acquistare ingenti partite di eroina. Grazie a una modalità investigativa nuova ed efficace che prevede accertamenti patrimoniali e bancari, vengono arrestati i responsabili del traffico di droga tra Italia e Stati Uniti e scovate le ricchezze di tanti mafiosi.

L'incontro con Tommaso Buscetta, un boss che nel 1984 decide di collaborare con la giustizia, rappresenta un passo decisivo nella conoscenza della mafia. Una scelta che Buscetta compie dopo che, in una sanguinosa guerra di mafia, gli sono stati ammazzati due figli, un fratello, un genero, un cognato e quattro nipoti. Chiede di parlare proprio con Giovanni Falcone. E a lui rivela tutti i segreti di Cosa Nostra, una montagna di informazioni con cui viene istruito il maxi-processo; il processo dei processi, che si svolge a Palermo con ben quattrocentosettantacinque imputati. Dopo, nulla è più come prima. Falcone comincia a essere temuto dentro e fuori il Palazzo di Giustizia. Ci sono colleghi che cercano di screditarlo. Il 21 giugno del 1989, la mafia prova a ucciderlo con cinquantasei candelotti di tritolo sugli scogli dell'Addaura, davanti alla villa dove è solito trascorrere le vacanze estive.

Passano meno di tre anni e Falcone lascia la Sicilia. Va a dirigere la sezione affari penali del Ministero di Grazia e Giustizia, per incarico dell'allora ministro Claudio Martelli. In questo modo è convinto di poter dare nuovo impulso alla lotta contro la mafia. Sono gli anni in cui mette a punto l'idea della Procura nazionale antimafia, un organismo di raccordo nella lotta alla criminalità organizzata su tutto il territorio nazionale. Un lavoro che non fa in tempo a completare. Viene ucciso il 23 maggio del 1992 durante un viaggio a Palermo. Con lui perdono la vita la moglie Francesca Morvillo, anche lei magistrato, e tre dei quattro agenti della scorta.

GIUSTIZIA NEGATA

Negli anni Sessanta e Settanta i processi si concludono spesso con sentenze di proscioglimento per insufficienza di prove. Prima del maxi-processo istruito da Falcone e Borsellino, la mafia riesce quasi sempre a farla franca. Di rado le indagini producono riscontri sufficienti a provare la colpevolezza dei mafiosi. Un rapporto della polizia canadese sulla mafia rimane per quasi dieci anni in un armadio della questura di Agrigento. È in francese e nessuno prima di Falcone ha pensato di tradurlo. Lui lo trova e lo utilizza nel maxi-processo.

• Paolo Borsellino

Paolo Borsellino cresce alla Magione, quartiere popolare di Palermo. Figlio di farmacisti, la sua vita gravita intorno a piazza della Kalsa, gli stessi luoghi frequentati da Giovanni Falcone. Scrive: «Per anni ho pensato quanto fosse impalpabile, in quel quartiere, il confine che ci separava dalla mafia. Come tanti altri ragazzi che abitano alla Magione avrei potuto imboccare la strada di contrabbandiere, di uomo d'onore, anziché quella di magistrato». Dopo aver fatto il pretore a Mazara del Vallo e a Monreale, arriva all'ufficio istruzione del Tribunale di Palermo dove, assieme a Giovanni Falcone prepara il maxiprocesso. Tra i due magistrati si consolidano un'amicizia e una collaborazione contro la mafia che nel 1992 li porta alla morte, a pochi mesi di distanza l'uno dall'altro.

Dopo la strage di Capaci, Borsellino è consapevole dei rischi, ma continua la sua lotta. Racconta la moglie Agnese: «Paolo si aspettava di morire da un momento all'altro... Mi diceva: "Mi uccideranno", ma aggiungeva anche: "Non sarà una vendetta della mafia, la mafia non si vendica. Forse saranno mafiosi quelli che materialmente mi uccideranno, ma quelli che avranno voluto la mia morte saranno altri"».

Viene ucciso mentre con la sua scorta va a trovare la madre, in via D'Amelio. Un terribile boato: una voragine infernale si presenta agli occhi del mondo, quel tragico 19 luglio del 1992.

• Carlo Alberto Dalla Chiesa

Carlo Alberto Dalla Chiesa è un generale dei carabinieri che ha dedicato la sua vita allo Stato. Figlio e fratello di carabinieri, dice di avere gli alamari sulla pelle. Negli anni Settanta, coordina la lotta al terrorismo, una pagina nera della storia d'Italia, caratterizzata da stragi, omicidi e paura. Gruppi armati decisi a fare la guerra allo Stato. La fase più acuta coincide, nel 1978, con il sequestro e l'uccisione di Aldo Moro, importante leader politico cinque volte Presidente del Consiglio dei Ministri.

Dopo i successi contro il terrorismo, Carlo Alberto Dalla Chiesa accetta l'incarico, ancor più pericoloso, di Prefetto di Palermo. Gli vengono promessi poteri di coordinamento nella lotta alla mafia, ma soprattutto gli viene garantito sostegno politico. Vuole fare accertamenti patrimoniali per capire l'origine di certe ricchezze; programma di entrare nelle banche e di mettere le mani nelle tasche dei mafiosi e dei loro protettori. Un modo nuovo e coraggioso di interpretare la lotta alla mafia. Comprende che per sconfiggerla bisogna far luce sulle relazioni dei mafiosi con il mondo della politica e dell'impresa. In una lettera a Giovanni Spadolini, presidente del Consiglio dei Ministri, scrive che non avrebbe usato riguardi per la famiglia politica più inquinata del luogo, con riferimento ai politici che in Sicilia e in Parlamento avevano rapporti con la mafia.

Ma non va così. Il generale Dalla Chiesa resta prigioniero di una impresa impossibile. Impossibile quanto l'inutile tentativo di chi provi a fermare una frana a mani nude. Ripetutamente, ma invano, chiede l'attenzione e l'aiuto del Governo. Incontra Giorgio Bocca, un importante giornalista, al quale denuncia il proprio isolamento. La sera del 3 settembre del 1982, centoventisei giorni dopo il suo arrivo, viene ucciso insieme alla seconda moglie, Emanuela Setti Carraro, sposata da meno di due mesi. In auto, stanno percorrendo via Isidoro Carini a Palermo, seguiti da un'Alfetta guidata da un agente di scorta. Vengono affiancati da una Bmw e trucidati a colpi di Kalashnikov Ak-47, una micidiale arma da guerra di fabbricazione russa. Un sicario sopraggiunge a bordo di una motocicletta e completa l'opera, uccidendo anche l'agente di scorta.

Il giorno dopo, in via Carini, compare un cartello con la scritta: «Qui è morta la speranza dei palermitani onesti».

Ai funerali, il cardinale di Palermo, Salvatore Pappalardo usa parole durissime, come non sono mai state pronunciate in una chiesa. «Mentre a Roma si pensa sul da fare, la città di Sagunto viene espugnata. E questa volta non è Sagunto, ma Palermo! Povera Palermo nostra.» Al termine della messa, volano insulti e monetine all'indirizzo dei rappresentanti dello Stato e dei politici presenti. È la reazione spontanea di tanta gente che nel prefetto Dalla Chiesa aveva riposto le proprie speranze di liberazione dalla violenza mafiosa. Una strage che provoca orrore e sgomento, ma che alimenta anche forti sentimenti di rinascita fra i tanti palermitani onesti.

Nel 2002, al processo sull'omicidio del generale, il magistrato Nino Gozzo è perentorio nel denunciare l'isolamento in cui era stato lasciato Carlo Alberto Dalla Chiesa: «Fu catapultato in terra di Sicilia nelle condizioni meno idonee per apparire l'espressione di una effettiva e corale volontà dello Stato di porre fine al fenomeno mafioso». Parole che suonano come una triste conferma a ciò che Dalla Chiesa aveva compreso subito dopo il suo arrivo a Palermo. Quei poteri, inutilmente chiesti, che avrebbero potuto salvargli la vita, vengono concessi al suo successore.

• Antonino Scopelliti

È un magistrato coraggioso, preparato e onesto. Percorre una carriera prestigiosa che lo porta a diventare il numero uno dei sostituti procuratori generali, quelli chiamati a rappresentare l'accusa presso la Corte di Cassazione. Gli viene proposto il maxi-processo, quello istruito da Falcone e Borsellino, ormai arrivato al terzo e ultimo grado di giudizio. La sentenza della Corte d'Assise di Palermo è stata confermata in appello.

A Scopelliti viene chiesto di continuare il lavoro di Falcone e Borsellino e di confermare in Cassazione le condanne che avevano decimato Cosa Nostra. Il magistrato accetta. Gli vengono offerti cinque miliardi di lire per tentare di fermarlo. Ma non si piega.

Viene ucciso il 9 agosto del 1991 a Campo Calabro, il paese dove è nato nel 1935 e dove si trova in vacanza con la famiglia.

Dice la figlia Rosanna: «Penso a papà come ad un albero d'ulivo: aggrappato solidamente alle sue radici, con la corteccia ruvida e nodosa, ma al tempo stesso semplice, generoso e capace di crescere anche nei terreni più aridi e rocciosi. Un vero ulivo calabrese, pronto a dare frutti anche nelle condizioni più impervie».

Anche ricordare è un atto di giustizia.

Il processo ai presunti mandanti dell'omicidio Scopelliti si chiude con una serie di assoluzioni.

Nessuno paga per quel delitto.

«Sapere chi lo ha ucciso per me è importante» ripete da anni Rosanna Scopelliti «ma credo che lo sia ancora di più per lo Stato: perché per avere la fiducia dei cittadini, deve essere capace di garantire per i propri martiri giustizia e verità».

Al Presidente della Repubblica esprime il desiderio di non essere più lasciata sola a combattere una battaglia difficile, non solo di verità e giustizia, ma di memoria collettiva per un Paese che, purtroppo, facilmente dimentica.

«È una preghiera che sento di rivolgerLe anche a nome di tutta quella Calabria onesta, solidale e virtuosa che difficilmente riesce a far parlare di sé» dice.

• Giuseppe Letizia

Giuseppe Letizia ha tredici anni e già lavora per aiutare la famiglia. Fa il pastore nella zona di Corleone, in Sicilia, e spesso dorme all'addiaccio, accanto al suo gregge.

Una sera di dicembre del 1948 vede arrivare un'auto. "E questi chi sono? Che cosa vogliono?" si chiede, nascondendosi nella mangiatoia dove solitamente trova riparo. Vede ombre che trascinano un uomo. Sente grida disperate: «Che volete da me? Lasciatemi andare».

Con un calcio aprono la porta, accendono una candela e cominciano a colpire selvaggiamente l'uomo che geme per terra con le mani legate. Poi lo uccidono. Quell'uomo è Placido Rizzotto, il segretario della Camera del Lavoro di Corleone, uno che si è sempre battuto contro la mafia per i diritti dei lavoratori. Sono le ultime, terribili immagini che restano impresse negli occhi del piccolo pastore prima di perdere i sensi. È ancora stravolto quando il padre lo trova il giorno dopo. Ha lo sguardo allucinato e urla frasi sconnesse: «No, no, non uccidetelo. Che vi ha fatto? Lasciatelo stare». Ha la febbre, delira. A cavallo del mulo, il padre lo porta all'ospedale del paese e ai due medici che gli si presentano – Michele Navarra e Ignazio Dell'Aria – racconta brevemente come ha trovato il figlio. A Giuseppe vengono praticate le prime cure, ma il giorno dopo muore. Molto probabilmente per un'iniezione di cianuro. Giuseppe Letizia aveva solo tredici anni, ma era diventato un testimone scomodo.

Qualche giorno dopo, "L'Unità" pubblica un articolo-shock: «C'è motivo di pensare, e molti in paese sono a pensarla così – scrive il giornale – che il bambino sia stato involontariamente testimone dell'uccisione di Rizzotto e che le minacce e le intimidazioni lo abbiano talmente sconvolto da provocargli uno shock e come conseguenza di esso la morte». Sui due omicidi indaga Carlo Alberto Dalla Chiesa, allora comandante della compagnia dei carabinieri di Corleone. Uno dei due medici, probabilmente quello che ha ucciso il piccolo Giuseppe, fugge in Australia. Navarra, che, oltre a essere medico è anche il capomafia della zona, riesce invece a farla franca, come i presunti assassini di Rizzotto che al processo vengono assolti per insufficienza di prove. A Placido Rizzotto, nel ruolo di segretario della Camera del Lavoro di Corleone, subentra Pio La Torre. Anche lui farà la stessa fine il 30 aprile del 1982, dopo essere stato eletto deputato al Parlamento e aver proposto importanti misure legislative per combattere la mafia.

• Rocco Gatto

Rocco Gatto ha la passione degli orologi. Li colleziona e li ripara. Ne ha tanti, sono il suo unico passatempo. Primo di quindici figli, dopo aver messo da parte un po' di soldi, riesce a rilevare l'attività di un vecchio mugnaio di Gioiosa Ionica, un paese nel cuore della Locride. È molto generoso. Per i fratelli si toglie anche il pane di bocca. Un giorno si presentano due ceffi e senza tanti giri di parole gli chiedono il pizzo, la mazzetta, come si dice in quella parte di Calabria. Non si fa intimorire: «Non pagheremo mai, toglietevelo dalla testa» risponde, anche a nome della sua famiglia. Provano a piegarlo: gli incendiano il mulino, lo minacciano, gli rubano anche gli orologi. Ma non cede. Non è l'unico a combattere la 'ndrangheta in quegli anni. C'è anche qualche sindaco che comincia a promuovere manifestazioni contro la 'ndrangheta, le prime in Italia. E c'è l'impegno di Gennaro Niglio, capitano dei carabinieri che affronta i boss senza paura e che, a volte, con loro fa anche a pistolettate, come nei film western. Nel novembre del 1976, in uno di questi conflitti a fuoco, rimane vittima il reggente del clan Ursini, il più potente, che aveva cercato di estorcere denaro anche al giovane mugnaio. È un affronto. La 'ndrangheta reagisce e pretende che tutto il paese reagisca. Dopo aver mandato a casa gli ambulanti che la domenica affollano il mercato settimanale di Gioiosa, ordina la chiusura a tutti i negozi. L'unico a non obbedire è Rocco Gatto, che va dal capitano e denuncia il clan che ha imposto la serrata in segno di lutto per la morte del boss ucciso. Tre mesi dopo, il giovane mugnaio cade in un agguato, mentre con il suo furgone fa il giro della zona per raccogliere i sacchi di grano da macinare. Molti giovani scendono in piazza per chiedere giustizia. La chiede anche Pasquale Gatto, padre del mugnaio ucciso dalla 'ndrangheta. Lo fa anche di fronte al Presidente della Repubblica Sandro Pertini, che nel 1982 si reca in Calabria per portare alla famiglia Gatto la medaglia d'oro al valore civile. Un riconoscimento che Rocco si è meritato con il suo coraggio e il suo sacrificio. Un delitto che rimane purtroppo impunito. In Corte d'Assise la pubblica accusa riesce a provare l'estorsione, gli incendi, le minacce ai danni del giovane mugnaio, ma non l'omicidio.

IL SINDACO ANTIMAFIA

Nel 1975 Gioiosa Ionica organizza uno sciopero cittadino contro la mafia, il primo in Italia. È anche il primo comune a costituirsi parte civile in un processo contro le cosche. Protagonista di questi primati dell'antimafia è Francesco Modafferi, sindaco coraggioso di questo piccolo comune della Locride.

• Peppino Impastato

Peppino Impastato è figlio e nipote di mafiosi. Vive a poca distanza dalla casa di Gaetano Badalamenti, potente boss di Cinisi, un paesino a due passi da Punta Raisi, nel Palermitano. Combatte contro l'indifferenza della gente e non si piega alla logica della mafia. Assieme ad altri giovani del luogo fonda una radio privata e da quei microfoni comincia una inusuale, ma efficace e persistente denuncia delle tante speculazioni della mafia, come la costruzione della terza pista dell'aeroporto di Punta Raisi. Sono irridenti e provocatorie le parole con cui Peppino attacca Gaetano Badalamenti, "Don Tano", il potente boss di Cinisi e i politici che lo spalleggiano. «Mi fanno schifo, ribrezzo, non li sopporto. Si approfittano di tutti, al Municipio comandano loro» dice, parlando dei mafiosi del suo paese.

Il padre cerca inutilmente di fermarlo, fino a cacciarlo di casa. Ma il 9 maggio del 1978 Peppino Impastato muore sui binari della ferrovia Palermo-Trapani, a due passi da Cinisi, con una carica di tritolo legata alla cintura. La notizia viene rapidamente liquidata come suicidio. Un rapporto dei carabinieri esclude l'omicidio, ma soprattutto nega che sia un omicidio di mafia. Cosa Nostra che, in quella zona della Sicilia, può contare su importanti connivenze, riesce a "depistare" le indagini e fa chiudere il "caso" come il gesto di un folle che, deluso dalla vita e dalla politica, decide di farla finita.

Solo vent'anni dopo, grazie all'insistenza della madre, del fratello, degli amici di Peppino e del Centro Siciliano di Documentazione fondato da Umberto Santino, il caso viene riaperto. Il processo porta alla condanna del boss Badalamenti come mandante dell'omicidio. Don Tano ne aveva deciso la morte. Non sopportava che quel giovane irriverente attaccasse il suo prestigio, mettendo in discussione il suo carisma di boss. Peppino Impastatao andava punito anche perché si era ribellato al padre mafioso.

• Graziella Campagna

Graziella Campagna ha diciassette anni, è bella, tranquilla e ha due grandi occhi neri. Ama ricamare e l'unico svago è quello di passeggiare con le amiche la domenica pomeriggio sul corso di Saponara, un piccolo paese in provincia di Messina, dove non succede mai niente.

Tutto ha inizio con un cartello appeso sulla vetrina di una lavanderia, mentre accompagna la sorella dal ginecologo a Villafranca Tirrena, un paese vicino. C'è scritto: CERCASI AIUTANTE. Aiutante in una lavanderia, un lavoro modesto e poco retribuito: centocinquantamila lire al mese, l'equivalente di settantacinque euro, tutti in nero. Ma a Graziella fanno comodo. E accetta.

La sera, per tornare a casa, prende un pullman, ad aspettarla c'è sempre la madre. Ma la sera del 12 dicembre del 1985, Graziella esce dalla lavanderia e scompare nel nulla. Il suo corpo viene trovato due giorni dopo a Forte Campone, un luogo isolato che fa paura: è stata uccisa con cinque colpi di lupara, ammazzata per aver scoperto casualmente la vera identità di un potente trafficante di droga che a Villafranca Tirrena era conosciuto come un rispettabile ingegnere di Palermo. Nella tasca della giacca lasciata dall'*ingegnere* aveva trovato una patente. È una giovane troppo semplice, Graziella Campagna. Non possono ricattarla, né blandirla. Hanno paura che possa raccontare al fratello carabiniere ciò che aveva casualmente scoperto.

Sono indagini difficili. Sembra che nessuno voglia trovare la verità su quella vita rubata nel fiore degli anni. Solo il fratello non si rassegna. Trascorrono gli anni, ma finalmente i colpevoli nel 2004 vengono scoperti e condannati.

LA MIA FAMIGLIA SPAZZATA VIA DA UN'AUTO-BOMBA

Mi chiamo Margherita Asta, vivo a Trapani, sono figlia di Barbara Rizzo Asta e sorella di Giuseppe e Salvatore. Li ho persi tutti insieme la mattina del 2 aprile 1985, disintegrati da un'auto-bomba destinata al giudice Carlo Palermo. Avevo dieci anni e allora non avevo idea di che cosa significasse vivere in un paese dove la mafia comanda, decide, uccide. Non sapevo ancora che la giustizia si sarebbe fermata prima del tempo. Non sapevo che da quel giorno, davanti alle tombe di mia madre e dei miei fratelli, iniziava il tempo difficile del dolore e della perdita. Tutto questo l'ho dovuto scoprire con il tempo e la sofferenza. Poi ho capito e ho detto: «Il dolore è un fatto personale, ma la mafia no».

• Don Pino Puglisi

Don Pino Puglisi lavora per togliere i bambini dalla strada, per sottrarli al dominio della mafia, a Brancaccio, uno dei quartieri più difficili di Palermo, dove vivono i boss che hanno partecipato alla uccisione di Falcone e Borsellino.

Attraverso il gioco del calcio, don Pino cerca di far capire ai bambini l'importanza delle regole e delle leggi. Sogna per loro un mondo diverso, senza violenza. «I sogni colorano il buio» ripete spesso. E la sua parrocchia diventa il ritrovo di decine di giovani che in lui vedono una speranza di cambiamento. È un sogno che si spegne il 15 settembre del 1993, giorno del suo compleanno.

È sera e don Pino sta per entrare in parrocchia, quando uno dei due uomini che lo seguono gli si pone davanti e lo costringe a fermarsi. L'altro, alle sue spalle, estrae la pistola. Don Pino intuisce cosa sta per accadere. «Me lo aspettavo» dice con un sorriso.

Muore così don Pino Puglisi; un prete che ha vissuto la fede con il coraggio della coerenza e dell'impegno civile. Mandanti e assassini sono stati condannati.

• Don Peppe Diana

Quella di don Peppe Diana è la storia di un altro prete speciale, un'altra vittima di mafia. Un giorno, durante l'omelia, grida con forza: «A me non importa sapere chi è Dio, a me importa sapere da che parte sta». Don Peppe Diana sta dalla parte giusta. Promuove cortei e manifestazioni, sostiene liste civiche e appelli. «Per amore del mio popolo non tacerò» scrive in una lettera sottoscritta da altri sacerdoti della zona. E spiega: «Assistiamo impotenti al dolore di tante famiglie che vedono i loro figli finire miseramente vittime o mandanti delle organizzazioni della Camorra. La Camorra oggi è una forma di terrorismo che incute paura, impone con violenza, armi in pugno, regole inaccettabili: estorsioni, tangenti al 20% e oltre sui lavori edili, che scoraggerebbero l'imprenditore più temerario, traffici illeciti per l'acquisto e lo spaccio delle sostanze stupefacenti...»

La mattina del 19 marzo del 1994 è il giorno del suo onomastico. Dopo aver fatto colazione con un gruppo di amici, alle sette e mezza, indossati i paramenti sacri, esce dalla sagrestia e si dirige verso l'altare nella chiesa di S. Rosario, a Casal di Principe, un paese avvelenato dal piombo della Camorra. Si trova di fronte un uomo di circa trent'anni che ha in mano una pistola semiautomatica. Partono quattro colpi che lo centrano alla testa. Così muore don Peppe Diana, un prete che tifa Napoli, ama la Ferrari e odia la Camorra.

Comincia subito una miserabile battaglia per infangarne l'onore. Qualche giornale scrive che era legato alla Camorra, qualcun altro che era stato trovato a letto con due donne. Solo dieci anni dopo si riesce a fare giustizia, con la condanna definitiva del mandante, Nunzio De Falco e degli esecutori materiali, Giuseppe Quadrano, Mario Santoro e Francesco Piacenti. Il lavoro e l'amore di don Peppe Diana per i giovani facevano troppa paura alla Camorra.

• Giuseppe Di Matteo

Giuseppe è figlio di Santino Di Matteo, mafioso che ha partecipato alla strage di Capaci, in cui sono stati uccisi

Giovanni Falcone, la moglie e gli agenti di scorta. Dopo l'arresto decide di collaborare con la giustizia.

Nel novembre del 1993, quando viene sequestrato, Giuseppe ha tredici anni. Si vuole costringere il padre a interrompere la collaborazione con i magistrati di Palermo. Uomini di Cosa Nostra si presentano a casa, spacciandosi per poliziotti. Dicono di doverlo portare dal padre; invece lo sequestrano e lo tengono prigioniero per diciotto mesi. Ma neanche il sequestro del figlio convince Santino Di Matteo a cambiare idea. È una scelta coraggiosa, alla quale la mafia risponde con ferocia. L'11 gennaio del 1996 il piccolo Giuseppe viene ucciso e sciolto nell'acido. A ricostruire questo orrendo delitto è Giovanni Brusca, il boss che ne ha ordinato la morte con queste parole: «*Allibertati du cagnuleddu*» (Sbarazzati del cagnolino). Così muore Giuseppe Di Matteo, un ragazzo innocente che paga per la vita sbagliata del padre.

L'ELENCO DELLE VITTIME INNOCENTI DELLA MAFIA È LUNGO

A un mafioso che gli fa notare come nella sparatoria sarebbero potuti morire anche bambini, il boss Totò Riina risponde: «E allora? Anche a Sarajevo muoiono i bambini». Nel 1975, dopo aver rubato la borsetta alla madre del boss di Catania Nitto Santapaola, quattro ragazzini vengono sequestrati, uccisi e sepolti a Monte Formaggio,

nelle campagne tra Mazzarino e Caltagirone. Non è un caso isolato. La lista delle giovani vittime di mafia è lunga. Nel 1987, a Palermo, viene ucciso Claudio Domino, un bambino che frequenta la scuola elementare. Come Giuseppe Letizia, il piccolo pastore di Corleone, aveva visto qualcosa che non doveva vedere. In Calabria, nel 1989, nell'ambito di una guerra tra i Chindamo-Lamari-D'Agostino e gli Albanese-Citellè-Tassone, viene uccisa, insieme al fratello, Marcella Tassone, una bambina di dieci anni che, dopo essere stata colpita alla nuca, riceve altre sei pistolettate in faccia. In Campania, il 27 marzo 2004, durante un conflitto a fuoco tra due fazioni della Camorra, viene colpita accidentalmente Annalisa Durante, una ragazza di quattordici anni.
Nel suo diario aveva scritto: «Vorrei fuggire, a Napoli ho paura». Non ne ha avuto il tempo.

IL FUTURO DELLA MAFIA

• La mafia verrà mai sconfitta?

La mafia è un fenomeno umano e come tutti i fenomeni umani ha un principio, una sua evoluzione e avrà quindi anche una fine.

Giovanni Falcone

Si può essere più o meno d'accordo con Falcone, ma una cosa è certa: la mafia non è un essere umano e quindi non finirà per invecchiamento. Solo il contributo di ognuno di noi potrà farla finire.

La prima arma per combattere la mafia è la conoscenza, perché l'ignoranza aiuta i mafiosi, li arricchisce e li moltiplica.

La mafia non ha valori positivi. Chi crede che i mafiosi siano uomini d'onore, sbaglia.

Quale onore può avere uno che uccide donne e bambini o che sfrutta la fatica di chi lavora onestamente?

"Onore" è una parola che i mafiosi hanno rubato al vocabolario degli onesti.

Oggi nessuno vuole essere definito "uomo d'onore"; è un termine che ormai identifica persone che non ne conoscono il vero significato. Non valori, né onore per il mafioso, ma solo violenza, soprattutto verso i deboli. La stessa violenza che spinge lo squalo verso i pesci piccoli. Solo l'unione può ribaltare questo rapporto di forza. Uomini onesti e pesci piccoli possono difendersi da mafiosi e squali, ma devono trovare il coraggio di farlo. Diceva Paolo Borsellino che è normale avere paura quando si combatte la mafia, ma che è importante accompagnarla con il coraggio. Il coraggio della paura. Chi ha paura muore ogni giorno e il silenzio lo aiuta a morire.

Il silenzio è nemico della verità. E al silenzio bisogna contrapporre la parola che può avere una forza prorompente e inimmaginabile.

Parlare, diffondere idee, dare voce a chi non ne ha sono azioni coraggiose che i mafiosi considerano più pericolose delle stesse armi. Come il silenzio è la regola di vita dei mafiosi, così la negazione del silenzio deve essere la regola di vita degli onesti.

Il mondo può essere diverso da come è stato finora, ma non bisogna arrendersi alla logica del "così è, così va, perché così deve andare".

Il fatalismo non paga.

Diceva Pablo Neruda, grande poeta cileno, che la speranza ha due figli: lo sdegno per le cose ingiuste e il coraggio di cambiarle. Per cambiare queste cose, bisogna partire dalla conoscenza del fenomeno che non deve essere più mitizzato o rappresentato come una favola.

Da alcuni anni si registra un crescente interesse per l'educazione alla legalità. Società civile e istituzioni cercano di sensibilizzare i giovani su problematiche finora largamente sottovalutate. Bisogna smettere di pensare che la mafia sia una cosa che non ci riguarda: potrebbero ripetersi le tragiche esperienze di Graziella Campagna, Giuseppe Letizia, Libero Grassi, Giovanni Falcone e Paolo Borsellino. È tempo che dalla cultura della legalità si passi a quella della responsabilità. Una cultura della responsabilità che ci spinga a interrogarci su ciò che accade attorno a noi.

C'è bisogno di riscoprire le regole condivise che cementano la società, respingendo l'idea che il rapporto tra cittadini e Stato possa essere sostituito da quello che lega protettori e protetti. Un concetto che ha capito anche Antonino Calderone, il quale, negli anni Novanta, raccontò ai magistrati di Palermo una sua conversazione con lo zio morente in un ospedale di Milano.

«Vedi quella rosa sul davanzale della finestra? È bella, molto bella, ma se la prendi, ti punge» disse lo zio per dissuaderlo dalla decisione di entrare nella mafia. «Sapessi come è bello addormentarsi senza il timore di essere svegliato brutalmente nel cuore della notte. E camminare per strada senza doversi continuamente voltare per paura di ricevere un colpo alla schiena.»

Parole che Calderone ancora ricorda, ma che allora non furono sufficienti a fargli cambiare idea.

Non c'è bisogno di eroi per combattere la mafia. Bastano anche piccoli gesti per creare una società libera dai prepotenti. È un'utopia? Forse. Una società senza prepotenti è un'utopia sostenibile.

Il possibile non potrebbe essere raggiunto, se nel mondo non si tentasse ripetutamente l'impossibile, come sostiene Max Weber, grande sociologo tedesco.

L'IMPORTANZA DI ESSERE CREDIBILI

Verrà il giorno in cui non ci chiederanno se siamo stati credenti, ma credibili.

Dal diario di Rosario Livatino, il giudice-ragazzino, ucciso ad Agrigento nel 1990

• Come ci si ribella alla mafia?

La mafia è un castello fatto di menzogne, ricatti, morti e stragi, che molte volte coinvolgono anche persone innocenti. Tutti speriamo che questo castello crolli.

Maria, 16 anni

La lotta giudiziaria non avrà mai ragione sulle mafie e sulla illegalità, senza il contributo della società civile. Lo sosteneva anche il generale Carlo Alberto Dalla Chiesa, per il quale il potere come sostantivo era solo quello dello Stato, delle sue istituzioni e delle sue leggi. Ma potere può anche essere un verbo che ne rafforza altri: potere reagire, potere denunciare, potere costruire insieme una nuova coscienza civile.

Non bisogna chiedere cosa fare, ma fare. La mafia si può sconfiggere. È un cammino che inizia sui banchi di scuola, in famiglia, tra gli amici. Non tutti possiamo fare le stesse cose, ma possiamo cominciare dal rispetto per noi stessi e per gli altri.

Come ci si comporta davanti al bullo? Si piega la testa, ci si stringe nelle spalle oppure si reagisce e se ne parla con l'insegnante? Chi piega la testa difficilmente sarà capace di affrontare la vita nel modo giusto.

Il silenzio rafforza i prepotenti.

Bisogna trovare il coraggio di reagire anche quando i fatti non ci riguardano direttamente. Non si tratta solo di altruismo, ma di comportamenti consapevoli che procurano benefici a noi stessi e fanno crescere il senso della comunità con leggi e regole valide per tutti. L'indifferenza è il terreno più fertile in cui la cultura della prevaricazione prospera e si rigenera.

La mafia è un fenomeno criminale, sociale, economico, ma anche culturale e la cultura della mafia è diseducativa. Come quella di certa politica che ricorre al compromesso, alle raccomandazioni e alle scorciatoie.

I giovani possono cambiare questo modello di società con la conoscenza e lo studio. Sono le armi più efficaci contro le mafie.

«Non bisogna perdere la speranza» rammenta spesso don Luigi Ciotti, importante protagonista dell'antimafia sociale. «Si possono strappare tutti i fiori, ma non si può impedire che la primavera ritorni.»

Io ci credo.

NON SOLO MAFIA

In Sicilia c'è stata, e c'è, la mafia, e c'è stata, e c'è, la lotta contro la mafia. E questa lotta non è cominciata solo da qualche anno ma ha più di un secolo alle spalle.

Umberto Santino, *Storia del movimento antimafia*

PER SAPERNE DI PIÙ

Il codice della mafia
Film da vedere
Frasi da ricordare
Parole da conoscere

LA FAMIGLIA

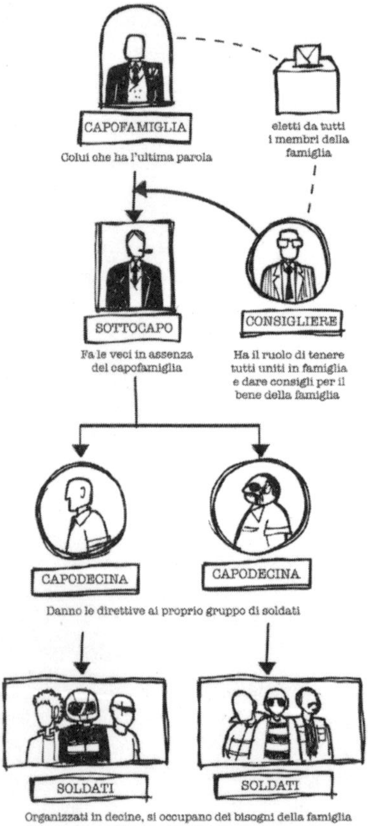

LA CUPOLA

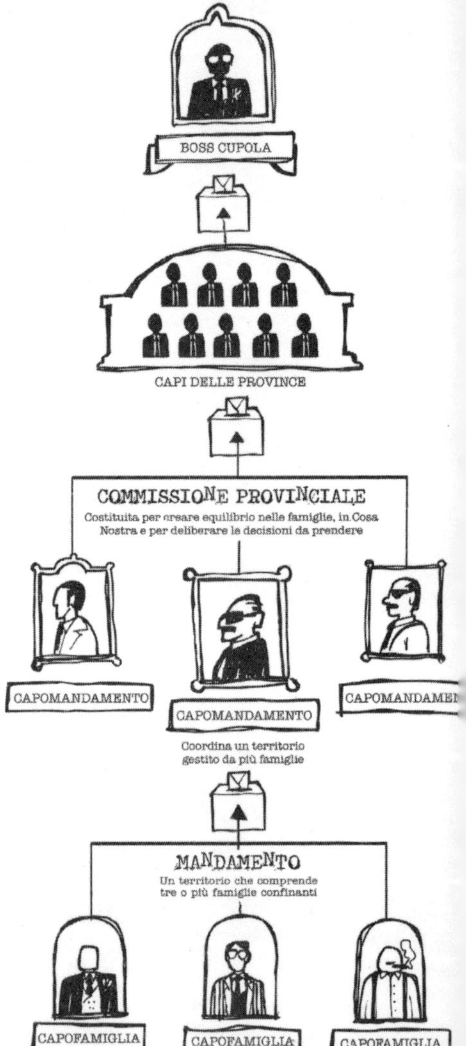

IL CODICE DELLA MAFIA

Nelle pagine seguenti riportiamo il decalogo del perfetto mafioso, sequestrato nel covo del boss Salvatore Lo Piccolo, indicato come uno degli eredi di Bernardo Provenzano.

Lo Piccolo è stato arrestato assieme al figlio il 5 novembre del 2007, dopo una latitanza di venticinque anni.

Quella qui riportata è l'esatta trascrizione dei pizzini trovati nel covo dove si nascondeva il boss, cioè dei fogli e foglietti su cui Lo Piccolo aveva scritto le proprie indicazioni, ovvero le regole che ogni mafioso deve, secondo lui, rispettare (compresi gli errori ortografici e le frasi smozzicate).

Con i fogli del decalogo, gli investigatori hanno sequestrato un'immaginetta sacra con la formula rituale che il nuovo mafioso doveva pronunciare nel corso della cerimonia di affiliazione: «Giuro di essere fedele a cosa nostra. Se dovessi tradire le mie carni devono bruciare come brucia questa immagine».

DIVIETI E DOVERI

Non ci si può presentare da soli ad un altro amico nostro, se non è un terzo a farlo.

Non si guardano mogli di amici nostri.

Non si fanno comparati con gli sbirri.

Non si frequentano né taverne e né circoli.

Si ha il dovere in qualsiasi momento di essere disponibile a cosa nostra. Anche se ce la moglie che sta per partorire.

Si rispettano in maniera categorica gli appuntamenti.

Si deve portare rispetto alla moglie.

Quando si è chiamati a sapere qualcosa si dovrà dire la verità.

Non ci si può appropriare di soldi che sono di altri e di altre famiglie.

Chi non può entrare a far parte di Cosa Nostra: chi ha un parente stretto nelle varie forze dell'ordine; chi ha tradimenti sentimentali in famiglia e chi ha un comportamento pessimo e che non tiene ai valori morali.

COM'È COMPOSTA LA FAMIGLIA

Capofamiglia
Sotto capo
Consigliere
Capo decina
Soldati

Il capo famiglia si elegge votando tutti i membri della famiglia. Così come per il consigliere.
Il sotto capo viene chiamato dal capo famiglia.
Così pure come per il capo decina.

LE FUNZIONI DI OGNI COMPONENTE

Il capo famiglia è colui che ha l'ultima parola.
Il sotto capo fa le veci del capo famiglia in assenza del capo famiglia.
Il consigliere ha il ruolo di tenere a tutti uniti in famiglia – e di dare consiglia per il bene della famiglia.
I soldati sono coloro che si occupano sotto direttive del capo decina per far i bisogni della famiglia.
Il mandamento è una famiglia che ha una sedia nella commissione. E che è a capo di più famiglie.

COM'È COMPOSTA LA COMMISSIONE PROVINCIALE?

La commissione viene composta da tutti i capi dei mandamenti. Dove poi si elegge il capo commissione più il sotto capo di commissione più il segretario. Che è colui che si occupa degli appuntamenti della commissione.

IL RUOLO DELLA COMMISSIONE

È costituita per esserci un equilibrio nelle famiglia e in Cosa Nostra. E per deliberare i fatti più delicati e le decisioni da prendere.

FILM DA VEDERE

IN NOME DELLA LEGGE

(1949)

Regia di Pietro Germi

Un giovane magistrato del Nord arriva in Sicilia intenzionato a combattere la mafia.

SALVATORE GIULIANO

(1962)

Regia di Francesco Rosi

Film inchiesta su Salvatore Giuliano, una delle più controverse figure criminali del secondo dopoguerra.

LE MANI SULLA CITTÀ

(1963)

Regia di Francesco Rosi

La storia di un consigliere comunale coinvolto in una serie di speculazioni edilizie e immobiliari.

IL GIORNO DELLA CIVETTA

(1968)

Regia di Damiano Damiani

La Sicilia dei delitti e dell'omertà mafiosa, quasi impossibile da sconfiggere.

IL PADRINO. TRILOGIA

(1972, 1974, 1990)

Regia di Francis Ford Coppola

L'epica mafiosa della famiglia Corleone, dalla Sicilia a New York.

IL PREFETTO DI FERRO

(1977)

Regia di Pasquale Squitieri

La repressione contro la mafia condotta dal prefetto Cesare Mori durante il fascismo.

IL MAFIOSO

(1982)

Regia Alberto Lattuada

Un siciliano emigrato al Nord viene trasformato in killer.

C'ERA UNA VOLTA IN AMERICA

(1984)

Regia di Sergio Leone

La storia di due ragazzini che nell'America del proibizionismo diventano gangster.

CENTO GIORNI A PALERMO

(1984)

Regia di Giuseppe Ferrara

La tragica esperienza del generale Carlo Alberto Dalla Chiesa, Prefetto di Palermo, ucciso il 3 settembre del 1982.

IL CAMORRISTA

(1986)

Regia di Giuseppe Tornatore

L'impressionante ascesa criminale di Raffaele Cutolo, il fondatore della Nuova Camorra Organizzata, in Campania.

TANO DA MORIRE

(1997)

Regia di Roberta Torre

Un boss mafioso torna dall'al di là per proteggere la sorella.

PLACIDO RIZZOTTO

(2000)

Regia di Pasquale Scimeca

La vicenda di Placido Rizzotto, segretario della Camera del Lavoro di Corleone, ucciso dalla mafia, come tanti altri sindacalisti nella Sicilia del latifondo, sotto gli occhi di un bambino innocente.

I CENTO PASSI

(2000)

Regia di Marco Tullio Giordana

La vita e la morte di Peppino Impastato, un giovane che combatteva la mafia con la forza dell'ironia, e per il suo coraggio ha pagato un prezzo altissimo.

GLI ANGELI DI BORSELLINO

(2003)

Regia di Rocco Cesareo

La drammatica vicenda del giudice Paolo Borsellino raccontata attraverso gli occhi e la voce dei suoi agenti di scorta.

ALLA LUCE DEL SOLE

(2005)

Regia di Roberto Faenza

Gli ultimi tre anni di vita di don Pino Puglisi, parroco del quartiere Brancaccio di Palermo, ucciso dalla mafia il 15 settembre del 1993.

GIOVANNI FALCONE

(2006)

Regia di Andrea e Antonio Frazzi

La storia di Giovanni Falcone, amico e collega di Paolo Borsellino, ucciso in un attentato a Palermo il 19 maggio del 1992.

GOMORRA

(2008)

Regia di Matteo Garrone

Cinque storie di quotidiano orrore in terra di camorra, tratto dall'omonimo libro di Roberto Saviano.

IL DIVO

(2008)

Regia di Paolo Sorrentino

La vicenda di Giulio Andreotti, sette volte primo ministro, processato per mafia.

FORTAPÀSC

(2009)

Regia di Marco Risi

La vicenda del giovane cronista del "Mattino", Giancarlo Siani, ucciso a Napoli dalla Camorra il 23 settembre 1985.

FRASI DA RICORDARE

1. *La mafia fa schifo.*
Campagna pubblicitaria della Regione Sicilia.

2. *Don Pino sorrise e disse: «Me l'aspettavo».*
Le parole di don Pino Puglisi, rivolte ai sicari, prima di essere ammazzato. Lo ha raccontato ai magistrati Salvatore Grigoli, uno dei due sicari del prete di Brancaccio. «Quel sorriso mi è rimasto impresso nella mia mente per sempre.»

3. *Quando stai in quella pasta più mangi e più ti piace.*
Il ricordo di Giuseppe Marchese sui suoi primi anni nella mafia.

4. *Le donne sono attirate dalla mafia, fino a che non vengono scottate dal dolore.*
Il commento di Antonino Calderone, oggi collaboratore di giustizia.

5. *Non c'è mai una porta chiusa.*
Commento di Leonardo Messina sulla capacità della mafia di aggiustare i processi e di far ammuffire le indagini della polizia negli armadi delle procure, prima del maxi-processo.

6. *La gente sono vermi e devono rimanere vermi.*
La moglie di Mario Fabbrocino, boss della Camorra, al telefono con un suo sgherro.

7. *Ho perso gli anelli, ma non le dita. Per me l'onore è il gioiello più importante nella vita.*
Antonia Giorgia, la madre di una delle vittime della strage di Duisburg, in Germania.

8. *Papà gli aveva fatto un'offerta che non poteva rifiutare.*
Michael Corleone, in una conversazione con Kay Adams, nel film *Il Padrino*.

9. *Un intero popolo che paga il pizzo è un popolo senza dignità.*
Uno degli slogan dell'associazione Addiopizzo.

10. *La rovina dell'umanità sono certi film.*
Considerazione del boss Michele Greco in un'aula di tribunale. Duro attacco ai collaboratori di giustizia, ma anche ai film, come *Il Padrino*.

PAROLE DA CONOSCERE

BACCAGGHIU. Gergo della malavita, del quale esistono diverse varianti regionali.

BATTESIMO. È la cerimonia con cui si entra ufficialmente nella 'ndrangheta.

BRIGANTAGGIO. È un fenomeno che si diffonde nell'Italia meridionale dopo il 1861. Non ha niente a che fare con le mafie. Il brigante si ribella al nuovo ordine, lotta contro lo Stato, visto come nemico; le mafie, al contrario, cercano di infiltrarsi nello Stato per trarne benefici.

CAMORRA. Associazione mafiosa sorta a Napoli nell'Ottocento e poi diffusasi in Campania. È suddivisa in clan, senza un raccordo strategico. Nell'Ottocento, il termine, più che l'organizzazione definiva una delle attività più diffuse a Napoli: l'estorsione.

COSCA. Clan, famiglia mafiosa, strutturata su amicizie funzionali.

FAIDA. Guerra di mafia tra due famiglie con lo scopo di annientarsi a vicenda. La logica che ispira le faide è quella del sangue che chiama sangue. Ogni delitto deve essere vendicato.

INFAME. Viene definito così il mafioso che collabora con la giustizia.

LOCALE. Nella 'ndrangheta indica un gruppo criminale composto da due o più famiglie ("ndrine") legate tra loro da vincoli di sangue. È un presidio di controllo su un determinato territorio, che spesso coincide con un paese o con il quartiere di una città.

MAFIA DEI BASILISCHI. È la mafia più giovane, che nasce a Potenza nel 1994, ma poi si estende al resto della Basilicata.

MANDAMENTO. Per Cosa Nostra è il territorio su cui operano tre cosche confinanti. Nella 'ndrangheta, il mandamento, invece, corrisponde a una zona molto più ampia. Per esempio, nella provincia di Reggio Calabria ci sono tre mandamenti che coincidono con l'area dello Stretto, la fascia ionica e quella tirrenica.

'NDRANGHETA. Associazione mafiosa sorta in Calabria nella seconda metà dell'Ottocento. Il termine sembra derivi dal greco, *andros-agathos*, che significa uomo di valore, coraggioso.

'NDRINA. La cellula base della 'ndrangheta, composta da una famiglia legata da vincoli di sangue o da rapporti di comparaggio.

PEZZO DA NOVANTA. Capomafia, boss, mammasantissima, termini per indicare un uomo che ha grande potere nell'organizzazione mafiosa.

PIZZO. Forma di tangente (tassa illegale) imposta dalle mafie a commercianti, imprenditori e professionisti. A volte è definito "mazzetta".

RICICLAGGIO DI DENARO. Insieme di operazioni mirate a dare una parvenza lecita a capitali provenienti da attività criminali.

SACRA CORONA UNITA. La più importante associazione mafiosa pugliese, nata come organizzazione di autodifesa carceraria negli anni Ottanta.

SGARRO. Nel linguaggio dei mafiosi significa offesa, onta, venir meno agli impegni e alle regole dell'organizzazione criminale.

SISTEMA. È il termine con cui adesso i camorristi definiscono la loro organizzazione. Una rete di complicità che coinvolge diversi settori della società.

41 BIS. È la norma con cui nel 1992 viene modificata la legge sull'ordinamento penitenziario. Prevede l'isolamento o la detenzione differenziata per boss e affiliati alle mafie.

416 BIS. Norma del codice penale che configura il reato di associazione a delinquere di stampo mafioso e prevede, tra l'altro, il sequestro e la confisca dei beni conseguiti illecitamente. Viene introdotta nel 1982, dopo gli omicidi di Pio La Torre e Carlo Alberto Dalla Chiesa.

416-TER. Norma del codice penale che introduce il reato di scambio elettorale politico-mafioso. Si manifesta quando un candidato ottiene voti in cambio di denaro.

RINGRAZIAMENTI

Sincera gratitudine al mio editor Francesco Gungui, senza i cui suggerimenti non avrei mai scritto questo libro.

Devo moltissimo a Rosa Frammartino, mia prima lettrice, che mi ha messo a disposizione la sua grande esperienza di educatrice.

Un grazie al mio amico Nicola Gratteri, con cui condivido anche un progetto educativo importante, quello di far conoscere ai giovani il grande inganno delle mafie.

Un grazie sentito va ad Antonio Vitti con il quale, da anni, tengo corsi sulla mafia vista attraverso il cinema all'università di Middlebury.

Devo tanto a John Dickie e Roberto Saviano, due attenti osservatori dei fenomeni mafiosi, con i quali su questi temi spesso mi confronto.

Un rigraziamento va anche a Maria Bastanzetti per la revisione finale del testo, ad Enrico Bellavia per la collaborazione nella ricerca dei documenti, ma soprattutto a Francesca Viscone, Stefania Pellegrini, Anna Maria Farina, Davide Nicaso, Lucia Comparato, Giovanna Nicaso, Aldo Cimmino, Valeria Pelle, Anna Genovesi e Giovanna Marinelli che mi hanno fatto conoscere centinaia di ragazzi, ai quali ho chiesto opinioni e sensazioni sulla mafia in Italia.

Tutta la mia riconoscenza, infine, va a mia moglie, fonte inesauribile di pazienza, amore ed energia.

RIFERIMENTI BIBLIOGRAFICI

Alvaro, C., *Gente in Aspromonte*, Garzanti Libri 2000.

Badolati, A., Pastore, G., *Banditi e schiave*. Luigi Pellegrini Editore, Cosenza 2010.

Baldessarro, G., Iatì, M., *Avvelenati*, Città del Sole, Reggio Calabria 2010.

Bolzoni, A., *Parole d'onore*, BUR, Milano 2008.

Cantone, R., *Solo per giustizia*, Mondadori, Milano 2008.

Ciconte, E., *Storia criminale. La resistibile ascesa di mafia, 'ndrangheta e camorra dall'Ottocento ai giorni nostri*, Rubbettino, Soveria Mannelli 2008.

De Cosa, E., *Camorra e Malavita a Napoli*, Gi Effe Edizioni 1994. Ristampa anastatica dell'edizione di Napoli 1908.

Di Fiore, G., *Controstoria dell'Unità d'Italia. fatti e misfatti del Risorgimento*, Rizzoli, Milano 2007.

Dickie, J., *Cosa Nostra. Storia della mafia siciliana*, Editori Laterza, Roma-Bari 2005.

Dino, A., *La mafia devota. Chiesa, religione, Cosa Nostra*, Editori Laterza, Roma-Bari 2008.

Falcone, G., in collaborazione con Marcelle Padovani, *Cose di Cosa Nostra*, Rizzoli, Milano 1991.

Forgione, F., *Mafia export*, Baldini Castoldi Dalai, Milano 2009.

Franchetti, L., Sonnino, S., *La Sicilia nel 1876*, Barbera, Firenze 1877.

Frosini, V., Renda, F. Leonardo Sciascia, *La Mafia. Quattro studi*, Massimiliano Boni Editore, Bologna 1970.

Gratteri, N., *La Malapianta. Conversazione con Antonio Nicaso*, Mondadori, Milano 2010.
Gratteri, N., Nicaso, A., *Fratelli di Sangue. Storie, boss e affari della 'ndrangheta, la mafia più potente del mondo*, Piccola Biblioteca Oscar Mondadori, Milano,2010.
Longo, M., *Sacra Corona Unita. Storia, struttura, rituali*, introduzione di Marcello Strezzeri, Pensa Multimedia, Lecce 1997.
Lupo, S., *Storia della mafia, Dalle origini ai giorni nostri*, Universale Donzelli, Roma 1996.
Nicaso, A., Lamothe, L., *Global Mafia*, MacMillan, Toronto 1995.
Nicaso, A., Lamothe, L., *Angels, Mobsters and Narco-Terrorists*, Wiley, Toronto 2005.
Nicaso, N., *'ndrangheta, Le radici dell'odio*, nuova edizione aggiornata, Aliberti, Reggio Emilia 2010.
Oliva, R.H., Fierro, E., *La Santa. Viaggio nella 'ndrangheta sconosciuta*, Rizzoli 2007.
Paoli, L., *Fratelli di mafia, Cosa Nostra e 'ndrangheta*, Il Mulino, Bologna 2000.
Pinotti, F., *Poteri Forti*, Bur, Milano 2005.
Renda, F., *Storia della mafia*, Sigma Edizioni, Palermo 1997.
Ruotolo, G., *La quarta mafia. Storie di mafia in Puglia*, Tullio Pironi Editore, Napoli 1994.
Santino, U., *Storia del movimento antimafia*, Editori Riuniti, Roma 2000.
Saviano, R., *Gomorra*, Mondadori, Milano 2006.
Sciascia, L., *Il giorno della civetta*, Einaudi, Torino 1961.
Sergi, P., *Gli anni dei Basilischi. Mafia, istituzioni e società in Basilicata*, Franco Angeli, Milano 2003.
Siebert, R., *Le donne, la mafia*, Il Saggiatore, Milano 1994.
Spagnolo, V., *Cocaina SPA*, Luigi Pellegrini Editore, Cosenza 2010.
Violante, L., *Non è la Piovra. Dodici tesi sulle mafie italiane*, Einaudi, Torino 1994.
Zagari, A., *Ammazzare stanca*, Aliberti, Reggio Emilia 2008.

INDICE